冀走——著
04214的心臟
最後的
吸血鬼獵人
原書名：最後的吸血鬼獵人

序

遠古的原野上，該隱與亞伯向上帝獻上祭品。上帝收下了亞伯的羊油，拒絕了該隱的糧食蔬果。

該隱妒從心生，怒不可遏，於是將利刃刺向了自己的血親亞伯。

亞伯的血滲進荒涼的土地，該隱因罪行受到永世流離的詛咒，吸血鬼的始祖自此誕生。

吸血鬼種族背負著詛咒，以人血為食，繁衍生息。為求自保，人類中出現了吸血鬼獵人，獵殺吸血鬼就是他們的使命。

時光流轉，人類社會發生了翻天覆地的變化，吸血鬼早已蹤跡難覓，似乎成了活在傳說裡的物種——優雅又冰冷的生物等候在黑暗的街角，微笑著將獠牙靠近人的脖子……然而，沒有人能斷言，我們絕不會在街角「偶遇」吸血鬼。

1096公約規定，因吸血鬼瀕臨滅絕，列為A級保護動物，禁止捕殺。

也許，我們如今鮮見吸血鬼的原因，與《０４２１４的心臟——最後的吸血鬼獵人》這本書中提到的類似，他們已經成了瀕危物種，在遠離大眾視線的地方被保護著。

吸血鬼成為了保護對象，那吸血鬼獵人呢？

編號ＨＤ１９５５７——吸血鬼管理員，曾經的也是最後的吸血鬼獵人，正遭遇他有生以來最大的抉擇，作為獵人如何與吸血鬼共生？

在時代的巨輪面前，人何其渺小。ＨＤ１９５５７在吸血鬼獵人家族誕生，從小接受嚴苛的獵人訓練，從肉體到精神，全部為了獵殺吸血鬼而存在。突然出現的一紙公約輕易地否定了他此前的人生。

「殺了她！殺了她！殺了她！……」

每當靠近保護對象——０４２１４號吸血鬼的時候，ＨＤ１９５５７的腦海中便會響起如此的吶喊，保護的職責和獵殺的本能不斷交鋒，將他拖向深深的泥沼。

一年、兩年……在煎熬的深淵裡，一場突如其來的吸血鬼殺人事件打破了生活的僵局。

乾屍橫陳街頭，屍塊從天而降，重要的保護對象０４２１４號失蹤，裝著斷肢的包裹陸續寄到……ＨＤ１９５５７一路追查，每當他以為事件可以畫上休止符時，現實便會再次將他拖入黑暗，所有的努力與反抗似乎都成了可笑的掙扎。

關於獵人家族黑暗歷史的記憶開始復甦，在過去與未來的夾縫中，在本能和意願的撕扯中，ＨＤ１９５５７必須做出選擇。

至於選擇的後果，是苦是甜，是對是錯，嘗過才知道……

《０４２１４的心臟——最後的吸血鬼獵人》，講述的是你從未知曉的，關於瀕危的血族和獵人故事。

目錄

1. 獵殺衝動

01

新的千年到來之際，吸血鬼與吸血鬼獵人之間會有一場驚天動地的正邪決戰，將會最終決定人類與吸血鬼的命運。

這樣的說法，我聽到過無數次。磨礪武器的獵人眼神發亮地喃喃過，醉生夢死的酒鬼雙手顫抖地囁嚅過。光明或黑暗的版本，現代或古代的文字，期望或絕望的語氣。

只有一點是相同的，他們都對這個傳說堅信不疑。

上個世紀的最後一個十年裡，有多少吸血鬼獵人追隨這個古老的傳說，準備獻身於那場可歌可泣的最終戰役。

結果是騙人的。

世紀末那一陣子最流行這種末日傳說，就和諾查丹瑪斯預言差不多。

新的一個千年到來時，吸血鬼和人類當然沒有爆發大戰。沒有黑色的星星從天上墜落，也沒有沉睡的怪物從海底甦醒。

人類和吸血鬼照樣能看見第二天的太陽或是月亮。而看不到明天的，真正迎來末日的，只有吸血鬼獵人。

邁入新世紀時，唯獨吸血鬼獵人，被拋棄在了門外。

一九九二年，世界上一百多個國家及地區的五百九十二個秘密結社組織召開了地球高峰會議。會上達成了一些協議，其中就有《世界生物多樣性公約》。第一版的公約裡，收納了一千零九十六種一類瀕危動物，所以又稱一〇九六公約。公約的主旨是保護瀕危動物，維持物種多樣性。

吸血鬼就是其中之一。

千百年來，無數吸血鬼獵人不懈與之戰鬥，數量日益減少的吸血鬼族群，從此納入了締約組織的保護，統一進行編號管理，嚴禁吸食人血、攻擊人類。同時，任何人不得捕獵、奴役、拘禁吸血鬼，以及用吸血鬼的器官製造魔法物品。

吸血鬼獵人們當然反抗過，鬥爭過。不過，五百九十二個締約成員，掌握了世界九成以上的勢力，儼然就代表了世界的正義。任何人都無力與他們為敵，不管是吸血鬼，還是吸血鬼獵人。

等到新的千年降臨，塵埃落定，幾乎所有的反抗勢力都被掃平。這個世界已經不需要吸血鬼獵人了。

很不幸，我出生在德國的一個古老的吸血鬼獵人世家。一戰那段日子裡，曾祖父因某件事定居到中國。出生時，我擁有八分之一的德國血統，眼睛裡有淺淺的藍色。

為殺吸血鬼而生，為殺吸血鬼而死。

這是我的家訓。

理所當然，我從小就被培養成為一個合格的吸血鬼獵人。除了成為吸血鬼獵人，我沒別的路可走。

二〇〇〇年，也就是我二十歲那年，我驀然發現，除了獵殺吸血鬼之外，我什麼都不會，沒有任何可以維生的技能。在被殺死或是被餓死之間，我選擇了投誠，成為了組織中的一員。

組織是什麼，其實我也不太清楚。我的級別太低，所能夠觸及的，只是龐大怪物從水面下露出的一隅罷了。

我隸屬於被稱為星組的「神秘生物處理組」，並非正式組員，僅是組織神經末端的一個小小的管理員。

每個國家或組織保護吸血鬼的方法各有不同。我們組織採用的是一對一的管理制度，一個吸血鬼管理員負責保護一個吸血鬼。

這是個相當清閒的工作。我花了好長時間，才習慣了不用天天磨練自己，不用天天考慮去哪裡殺吸血鬼，不用天天把自己弄得鮮血淋漓。

我的主要工作是每隔一段時間去探望一下歸我管理的吸血鬼，保證他衣食無憂，保護他不被盜獵者盯上。

當然，也有責任確保吸血鬼別惹事。所幸，我的吸血鬼還是相當安分的。

平時，我通常會在城市的廣場上餵鴿子，或者在湖邊撿石片打水漂，有時候發現觀察雲朵的變化也有很多樂趣。

這五年來最驚險的一次，上司突然探望吸血鬼，我卻躺在公園的草地上呼呼大睡，結果被罰了一年的獎金。

清水般的五年，就這麼悄無聲息地過去了。

其實，在我的潛意識裡，我一直覺得，在某個夏日的夜晚，那個終將會出現的黑影，必然會葬送來之不易的和平，掀起一場腥風血雨。

02

凌晨，手機在我枕邊響個不停。

一個男人壓低聲音說：「盧德區23號小巷好像發生了吸血鬼殺人事件，請速速趕來，到時再詳談。」

「不……」我脫口而出的話嚇到了我自己，立即改口，「不要擔心，我立刻過來。」

我一定是睡糊塗了，居然想拒絕。

這五年來，我等的，不正是這一刻嗎？

一出門，伯雷德羅德就盯上了我。五年了，這個妄圖盜獵吸血鬼的老傢伙，總是風雨無阻地跟蹤我。

我當作沒發現，一路帶著他去了犯罪現場——那條陰暗的小巷。

清一色藍帽藍制服的工作人員已經在那裡有條不紊地整理現場，拍照、取樣、搜檢……

沒有人理我，一切悄然無聲，這是一群看不出差別的工蟻在靜靜忙碌。

一個穿灰色西裝的五十多歲的男人站在牆角邊，斜叼著菸，一副憤憤不平的模樣。聽見我的腳步聲，他抬起頭上下打量我，視線在我戴著的黑皮手套上停了一下便迎上來，從菸盒裡抖出一支菸。

「倒楣啊，第一天調來，就讓我遇上這種破事。」他便是打電話給我的那個人。

我搖手拒絕了他的菸，表示不想慢性自殺，隨後遞上ID卡。他看也不看，與我握過手，帶我走進小巷的深處。

路上他自我介紹，我沒有認真聽，心裡隨便給他安了一個「灰西裝」的名字。名義上，他的級別比我高，但管不到我頭上，他主要負責收拾各種爛攤子。

屍體的手腳散落在地，腦袋被拋在了巷子的盡頭。儘管心裡早有準備，看見她的臉時，我還是忍不住身體一震。

「想吐嗎？」「灰西裝」拍拍我的肩膀表示關心。

如果他能把臉上的幸災樂禍藏得更深些，我就感激不盡了。

我小心翼翼地捧起她的頭。她瞪大的眼睛看著我，捲成一團的頭髮纏住我的手指。我撥開頭髮，兩個黑乎乎的小洞，突兀地出現在脖子上。

我闔上了她的眼睛。

「沒錯，的確是吸血鬼幹的。」我說。

「灰西裝」對我點點頭，拿出手機低低地命令了幾聲。

「你們打算怎麼處理她？」

「燒掉，算失蹤。」

毀屍滅跡，正合我意。

藍制服的工作人員上來把屍體一塊塊地裝進藍色的屍袋，裝在擔架上抬走。從頭到尾，我和「灰西裝」沒有吭聲。

手機忽然響起，才解放了我。手機那端是我的直屬上司，我只見過她幾面，聲音一如記憶中的爽朗。

「你確定是吸血鬼幹的？不是搞錯了自己種族的人也有這種變態行為。」

「是吸血鬼幹的。」

「唉，真是麻煩！手頭已經積了十幾個案子，為什麼非得我一個人處理這麼多事！」

「那麼，交給我來解決吧！」

我心跳加速，暗暗祈禱，卻不知自己在祈禱她同意，還是在祈禱我被她阻止。

「行，那就交給你了。」她乾脆俐落地答應了，「解決後，記得寫報告。」

掛斷之後的手機，發出茫然無措的聲音，一如我有些沒有著落的心。

好了，振作點，一切都在我的掌握之中。

處理完現場，「灰西裝」已經知道我也會參與這個案子。「明天我會派人送案件資料來，有什麼需要儘管開口。」

我點點頭。

那些人一眨眼撤離光了，只留下我默然地待在小巷裡。地上乾乾淨淨的，連個菸頭都沒，好像那命案只是一個幻覺。

我微微閉起眼，死者的臉不由得浮現在眼前。我搖了搖頭，把她徹底從腦海裡甩乾淨。

再度睜開眼，伯雷德羅德已站在面前，注視著整個現場，濁綠色的眼睛並不看我一眼。

五年前我投靠了組織，從那時起他就不用正眼瞧我。

年近六十歲的他一頭近乎白色的短髮，右耳殘缺不全，身上穿的是黑格襯衫和褪色牛仔褲。手臂筋肉糾結，袖口捲到手肘，炫耀著橫七豎八的傷疤。

他聲音低沉地說：「那傢伙終於開始殺人了。」

「你在說誰？」我知道他在指誰，明知故問。

「還能有誰？這個城裡只有一個吸血鬼！」他猛然暴喝，「五年前我和你父親沒能殺掉的，現在被你包庇起來的那個吸血鬼！」

他的想法完全如我所料。

「在組織的保護下，絕不可能發生這種事。」我說。

「那個狗屁組織有什麼用？你們這種外行人根本不懂吸血鬼有多危險！」

「哦？」我冷笑，「假如我們一點用都沒有，你會像個流浪狗一樣在這個城市裡亂逛？組織的力量你清楚得很。這五年來，你老老實實的，不打吸血鬼的主意，不是一樣過得很好？醒醒吧！這個世界已經不需要你們了。」

「叛徒！」

他的拳頭眨眼間迫近，砸在我臉上。我的腦袋嗡嗡作響，像被人頂著腦門開了一槍。

「這一拳，是我替你父親給你一個教訓，如果我不是他的老朋友，早就殺了你！」他皺皺鼻子，往地上吐了一口痰。「懦夫！我手上的一條疤都比你有種一百倍！」他又踹了我肚子一腳，揚長而去。

我捂著肚子緩緩站起身，走出小巷，發動汽車假裝離開，然後悄悄徒步折回。

如我所料，伯雷德羅德又回到了現場。他神色頹然，只幾分鐘沒見就像是老了三十歲。他從衣領裡掏出掛在脖子上的銀十字架，全心貫注對著十字架上的神像自言自語：「這是您對我的懲罰嗎？這些年，我放棄了自己的信念，使劍矇上塵土。安逸的生活就如毒藥漸漸侵蝕我的靈魂，我活該被懲罰，但您何苦將這孩子投入地獄？」

「我知道的。每個人您都自有安排。請給我啟示吧！我乞求您。」他閉上眼，將十字架貼在額頭上，默唸著什麼。幾分鐘後睜開眼，盯住前方，原本濁綠色的眼睛猛然發出光芒。

「我明白了。您這是在告訴我，這個世界需要吸血鬼獵人。我沒有被您拋棄，仍然有活著的用處……」他握緊十字架，親吻神像。

「我發誓，無論我的敵人有多麼強大，甚至我所將要保護的人連同我的敵人一同污蔑我、將我的行為貶為罪惡，我都將貫徹我的正義！」

我回來，正是為了看這樣可笑的一幕。

多愚蠢的人！只不過給自己找一個獵殺吸血鬼的藉口而已。

伯雷德羅德如何發誓並不重要，重要的是他願意去殺吸血鬼，我的目的就達到了。

這起案件是我幹的。那個變成乾屍的女人，是我手下的犧牲品。

伯雷德羅德一如我料，以為是吸血鬼殺的，將會去向我所保護的吸血鬼復仇。而違反了一〇九六公約的他，將會被組織處死。最後，我會讓一切埋葬入黑暗。

這就是我從成為管理員之後，五年來一直在計畫的事情。

第二天是個晴朗明媚的夏日，我去拜訪吸血鬼。

我本該老實地待在家裡，裝作認真查案的樣子，放任伯雷德羅德去殺掉吸血鬼。萬一在伯雷德羅德動手的時候，我不巧在場，就勢必要假裝保護吸血鬼，這樣事情就麻煩了。

但我還是帶著案件資料出門了。

一出門，伯雷德羅德又在暗處跟蹤我。這次他試圖掩藏自己，卻不曾想過他的身手已遠不如五年前。我開車在市裡兜了幾圈，甩掉他，掉頭駛向市郊。

吸血鬼的住址是機密，除了我和上司外無人知曉。現在還不是讓伯雷德羅德發現的時候。

兩小時後，視野中已經不再有別的建築，凹凸泥濘的路面上，我幾個月前留下的車胎印仍隱約可見。

我接近著吸血鬼的住所，一旦越過了某條無形的界線，那些聲音就會瞬間湧入我的腦海。

「殺了吸血鬼！殺了吸血鬼！殺了吸血鬼！……」

只有我能聽見這種聲音，這是亡靈的聲音。

我的吸血鬼獵人先祖們，即使死後仍會活在我的血液中，發出響徹地獄的淒厲吶喊。

一旦進入吸血鬼周圍五公里內，這些沉睡的怨靈就會一個接一個甦醒，沸騰我的血液。

我的心臟在胸腔裡亂竄，就像一條被繩子拴在木樁上、對人又撲又吠的瘋狗。

「吵死了！」我一拍方向盤。

沒人理我。

一下車，白色的陽光挾著蟬鳴捲過我的身體，刺得我微微眯起眼。

現在的氣溫，據說破了十年來的紀錄。不過，此刻除了巨大的痛楚，我什麼都感覺不到。

穿過空蕩蕩的豬舍，僅有的十幾頭豬哼哼唧唧地拱著土。空氣中有讓人不快的氣味，那吸血鬼就住在這樣一個破落的養豬場裡。

一般人無論如何也想不到吧！如此骯髒不堪的地方，和吸血鬼的一般印象差太多了。吸血鬼總要吸血，禁止吸人血，小體型動物的血又滿足不了，用豬血來當食物再適合不過，住在這種地方自有它的方便之處。

我在一面牆前停下，將ID卡在牆前刷了一下。牆上浮現起白色的五芒星魔法陣，逐一識別我的密碼、掌紋、虹膜、聲紋以及靈魂，牆內三層合金門悄無聲息地逐一開啟，露出陰沉沉的地道。

短短一百米的地道，我走了近一個小時。只要踏錯一步，超過兩百種機關，能把我從物理到精神毀得連渣都不剩。

最艱難的是，在那些亡靈的喧鬧中保持理智。越接近吸血鬼，它們就越吵鬧，總計一千三百二十九個亡靈都在大喊，彷彿每一個都拿著尖銳的刀在刺我的身體。

每次我敲響盡頭的褐色胡桃木門，都油然而生終於爬上岸的安心感。

但今天不會，我只是故意拖延時間，不讓裡面的吸血鬼發現異樣。所有的防御系統，我已經用伯雷德羅德的手法破壞掉了。探望吸血鬼，只是藉口。

「請進。」房間裡的吸血鬼不緊不慢地說。

我推開門，空氣旋即截然不同。

進入視線的首先是一張洛可哥式的白色小圓桌，桌上的薰香爐香氣氤氳，柔和的燭光在岩蘭草味的煙霧中游移。然後是一排排裝滿書的書架，延伸到火光不及的陰影裡，一如靜靜沉睡的嬰兒。

她坐在桌邊，凝視攤在膝蓋上的一本棕色封面的古書，蒼白的臉頰及白色連身長裙的蕾絲領口在豆點大小的火苗旁染成橙紅，黑色長髮柔軟地披下遮掩住脖子。透明的水晶高跟鞋使她好像赤著足，銀染的指甲熠熠生光。

她抬起頭，對我眨了眨紅色的眼睛，彷彿剛從一幅畫中倦懶睡醒。

她就是我所要保護的吸血鬼，編號04214。

「喲，真是稀客。想喝點什麼？」

她合上書，站起身，用手拂了拂垂在額邊的齊肩黑髮，雪色的脖子上，戴著用來定位的黑色項圈。她的心臟還植有密碼啟動的自滅咒文，密碼只有我的上司知道。

可以說是最妥善地保護，也可以說是最嚴格地監禁。

我自行搬了一張椅子，坐到桌旁，掃了一眼那名為《宅神祭品》的詩集。腦海中閃過綠茶，但我仍說：「隨便。」

她對著我微笑點頭示意，長髮與裙襬一飄，轉身消失在陰影中，只有高跟鞋在木製地板上踏出清脆悅耳的聲響。沒一會兒，腳步聲消失，換為流水注落的聲音。等她的身影重新出現時，手上端著兩杯冒著熱氣的綠茶。

我吃了一驚：「為什麼是綠茶？」

她端起茶杯，掩在嘴邊，似笑非笑地說：「因為你看起來一副很想喝綠茶的表情。」

總是這樣，我什麼心思都瞞不過她似的。然而她不知道，我是懷著多大痛苦坐在這裡。只要在她身邊，我血液中的那些怨靈無時無刻都不能得到安寧。

「殺了她！殺了她！殺了她！……」

我已經學會在心中築起理智的堡壘，並裝出若無其事的表情。不得不克制，不然我早就瘋了。

我努力揚起嘴角笑了一下，「我……」

「我的同族在這個城裡惹出什麼事了？」她一語道破我的來意。

我下意識地反駁：「沒這回事，只是想來看看妳好不好。」

「這五年裡面，你自己算算，除了工作專門來看過我多少次？」

她豎起一根手指，湊在蒼白的唇前，紅色的眼睛與我視線相對。她總是會這樣看著我，眼珠隱藏著溫暖，彷彿一點燭火。

「只有一次，就是現在。」她說。

我垂下眼簾，不敢直視她。一旦吸血鬼的身影映入視野，亡靈們必會隨著血液沖上我的眼眶，用黑色的血絲纏緊我的眼睛，恨不得挖出我的眼球，射向吸血鬼。

殺了她！快殺了她！

「我就不能突然很想妳嗎？」

「你才不是這麼熱心的人。」她輕啜了一小口茶，把茶杯放在桌上，手指將它稍稍向前推了幾毫米，眼睛裡略帶嫵媚。

「好了，快把你藏著的東西拿出來吧！勾起了我的好奇心，又想裝傻嗎？你不能這麼欺負我。」

她以一種溫柔嗔怪的目光默然注視我。

被她盯著看了幾秒，我便投降，將死者的照片遞給她。

我總想證明她看不透我，卻總是失敗。

她用兩根手指拈起照片，聽我描述現場，睫毛輕輕一顫，低低地吸了口氣，視線再重新回到照片上。突然，她紅色的眼睛裡隱然流動著什麼，可是我看不真切。

「我覺得很遺憾。」她欲言又止，流露出讓人心酸的神情。

我洗牌似地翻著照片，挑出一張七份屍塊的合照，交給她。

「你覺得，把人切成這麼多塊有什麼意義嗎？」

她的目光凝在照片上，垂下頭。手握著茶杯，水面泛起一層層細微的波紋，彷彿水中將顯映出不祥的倒影。她嘴唇微微動了動，緩緩伸出手指，先是點在左手，然後移到右腳，沿著左腳、右手的順序轉一圈後是軀幹，最後停在死者頭部，遮住脖子的咬痕。

「請等我一下。」

她鑽進房間的角落，煙氣遮蔽了視線，隱隱有些異響。過了幾分鐘，依稀傳來一聲短促的強抑住的低微喘息聲。

「怎麼了？」我放下茶杯。

「沒事。」她的聲音很平靜。

「保證妳的健康是我的工作。」

「真的沒事。」

「那就讓我檢查一下吧！」

她略顯慌亂地從煙氣中走出來，將照片翻個面蓋住。

「兇手這麼做，只是出於憤怒。他需要尋找一個出口宣洩，不然他將會被自己內心的怒火吞噬。遺憾的是，他選擇了最差勁的方法。」

「最差勁的方法？……」我看著被害者的照片，低聲說道：「沒錯。這個兇手實在是太可恨了，活該下地獄。」

「活該下地獄的人，正是我。」

她沒有附和我，而是歉然一笑。「對不起，剛剛有些失態了。」

「是我失禮了，我還以為妳見慣這種場面。」我微微嘆息，忽然醒悟我像在說她是個殺人慣犯似的，「瞧我說的，對不起。」

「我從來沒有殺過人。以前每次用餐的時候，都會多找幾個人，盡量減少每個人失去的生命力。」她撫了撫額邊的頭髮，「我甚至還會幫他們把傷口治好。明知治好傷口也於事無補，但我就是有這種虛偽的小小執著。」

「假如換成我被吸血，還是希望別把我吸乾，別留下傷口比較好。」

然後，我不知道該說什麼好了。

我基本上沒有和她獨處的經驗，每次都只是把該做的工作做完就離開，還是第一次和她聊這麼久。

我目光飄忽著，嘴裡不知為何就說出了我不該提起的事。

「今天來，主要是想提醒妳，伯雷德羅德以為妳是兇手，妳要當心。」

她若無其事地嗯了一聲，注視著我：「那麼，你的看法呢？」

「不可能。」我斷然說，「妳逃不出這裡。假如妳在這間密室裡也能吸乾人血，也許能瞞過我，但絕不會瞞過組織，尤其是我的那個上司。」

「那女人很了不起……」她沉默了兩秒，看著我說：「排除掉這些條件，我想問的是，假如我說我有能力犯案，並且能完全瞞過所有人，你仍會相信我嗎？」

「在理性判斷諸多可能性之前，我不希望……」我在「不希望」三字上加重語氣，「不希望妳是犯人。」

「你的回答，真是像加過一勺糖的鹽水一樣微妙。」

不希望嗎？我不知道我怎麼會如此回答。

那我希望的，又是什麼？

亡靈始終咆哮著，「殺了她！殺了她！殺了她！……」

遲早有一天，我會被腦海中瘋狂的亡靈浸透，失去理智地殺死她，然後被組織處死。

與其如此，在我還能謀劃犯罪的時候，我要殺掉她。

為了我能活下去，哪怕只多活一天，04214號都必須死。

我所希望的，只有這個。

03

入夜，我劃開皮膚，黑色的血液沿著蒼白皮膚肆意流淌，彷彿用墨水寫著古老的黑白回憶。

流血時，我總會聯想起一個午後，父親去拜訪朋友，把我一個人留在外面，有個小女孩叫住了無所事事的我。我們在一起玩，她讓我決定玩什麼遊戲。

於是，我拿出隨身的小刀，割開了自己的手掌，翻出白色的肉和鮮紅的血。我和父親常常這樣比賽，看誰的血流得更多更快。我只敢割開手掌，而他敢毫不猶豫地切開自己的動脈。

我笨拙又怕痛，卻不甘示弱地在自己的身上割開傷口。那模樣，總會讓一向嚴苛的父親帶著難得的笑容，用手指在我身上比劃更適合下刀的位置。要知道，他平時的訓練裡不是責罵就是抽打。而在輕輕地觸碰我時，我感覺到了他的溫情。

所以，五歲的我一直錯以為，這就是親子之間的遊戲。

那個女孩一聲不吭地嚇昏了過去。

我才知道，原來在一般人的眼裡，刀劍是一種很危險的東西。割傷自己，絕不是適合孩子的遊戲。

但我就是這樣長大的，從嬰兒時起就不斷地被割傷，不斷在出血。直到對血流如注這種事習以為常。

記住這件小事，並非因為我在那時瞭解到自己生活的異常。而是因為，那是我最後一次見到自己流出紅色的鮮血。

之後，我父親像吸血鬼那樣抽乾了我的血，破壞了我的造血機能，在我體內注滿了黑色的屍血。

從此以後，我的血管中，只能流淌黑色的血液。

我父親對我所做的一切，就像祖父對他做的一樣，就像曾祖父對祖父做的一樣，就像我們家族的每一代人一樣。

每當我的家族中有新生兒降臨，長輩就會將嬰兒的臍血煉入名為「英靈殿之座」的魔法石。家族歷代人的血都儲存在魔法石中，只要將「英靈殿之座」放入水中就能源源不斷地製造出黑色的屍血。

每當一個人死去，他的靈魂就會循著臍血的因緣，回到「英靈殿之座」，並與每一個擁有屍血的族人保持靈魂上的聯絡。因此，我的腦海中才總是會充斥著怨靈的嘶叫。

我只有靠屍血才能活下去，永遠無法擺脫活在血中的一千三百二十九個先祖亡靈。只要唸出其中一人的真名，我就能召喚出他，與吸血鬼戰鬥。

這就是我家族亡靈魔法與煉金術相結合的至高成就、獵殺吸血鬼的最終武器、代代相傳的秘術──「不朽英靈殿」。

血不停地流著，像壞掉的水管。我的血是無法凝固的，稍大一點的傷口，就會流得一乾二淨，和得了嚴重的血友病無異。血流量越大，召喚亡靈的效率就越高。

很快，地面上蓄起的血泊，彷彿黑色深淵。它注視著我，我也注視著它，大聲唸出召喚亡靈的咒語。

「我呼喚你，我血中的先祖，英靈殿的戰士，不朽的英雄，請從暫眠中醒來吧！」

一千三百二十九個亡靈醒來了，在我的血液中躁動。

「我以命運之名呼喚你，GENIUS！」

家族中每一個嬰兒出生時，家長就會占卜，獲得預示他一生命運的一個詞語，做為名字。據說曾經一卷名冊，記載了所有先祖的名字，不過已經失傳了。我只知道兩個人的，一個是我自己，一個是他。

一隻黑色的手從血中伸出，啪地拍在地面上，彷佛要破殼而出那樣用力地撐住地。頭漸漸冒出來，雜亂頭髮、佈滿皺紋的額頭、充滿血絲的眼睛，及削尖的下巴逐一展露在空氣中。

黑血被賦予了色彩，塑出他的形象，無一不讓我聯想到二十年後的自己。

這位就是我所知道的最強吸血鬼獵人，名副其實的天才，我的父親，使我變成如今這副模樣的元兇。

他死於五年前。

「你這孩子，該不會忘記了吧！一個吸血鬼正常的進食間隔是七天到半個月。上一次叫我出來，才是前幾天的事。」

我沒有回答他的必要，不過忍不下他這種教訓人的口氣。

「伯雷德羅德還沒有行動，我要你再去製造一次事件，催一催他。」

「什麼事件？」他讓人火大地問。

「你在裝什麼傻！」

「我又不是你肚子裡的蛔蟲，誰知道你在想什麼。召喚我出來，又不下達命令。我存在的時間有限，你不會忘記了吧！如果你要我去尋找被你標記過的平凡人，殺死這些無辜的人，並且要像吸血鬼一樣把他們吸成乾屍，就趕緊說出來。」

他戲謔地笑了，完全沒有把我放在眼裡。如果不是物理攻擊對他無效，我肯定一槍斃了他！

「好，好！我已經在一些平凡人的血裡注入了吸血鬼的氣息，用你最引以為豪的嗅覺找出他們！吸乾他們！切成碎片！去殺人吧！想怎麼樣就怎麼樣，去大鬧一場！然後給我蒸發成空氣，不要留下任何證據！」我自暴自棄地大喊，「這麼說，你滿意了吧！」

「不要擺出一副叛逆期的臉瞪著我。為了達到目的，濫殺無辜的人是你，有罪的人是你，永遠不要假裝忘記這一點。」他悠然說，「不過，你變成這樣冷血的人，爸爸我很欣慰哦。」

「快滾！」

在我揮拳之前，他已經大笑著躍出了視窗。我一拳打在了牆壁上，手掌上好不容易縫起來的線裂開了。黑色的血滴滴答答地落在地板上，旋即蒸發。

忘記？開什麼玩笑。

從五年前我就開始佈局這個計畫，殘害了多少人！難道我還指望自己所做的一切，會像這血一樣消失得無影無蹤？

我不用自欺欺人。我要活下去，不要和那個已經逝去的舊時代一起被葬送。我會時刻提醒自己，我是個多麼狠毒的惡人，犯了死後絕對會下地獄的罪行。

哦，不，不對，我不會下地獄。

我那一千三百二十九個先祖，這些手上沾染無數人和吸血鬼鮮血的亡靈，本該去地獄接受懲罰，卻永遠囚禁在了我的體內。

我身即是地獄。

「這傢伙瘋了！」

手機裡，「灰西裝」氣急敗壞地嚷著，那一端傳來喧鬧的人聲、汽車的喇叭聲，完全蓋過了他的聲音。

「我這裡太吵了，總之，你盡快趕過來，我在附近的咖啡館等你！」

我的確想盡快趕到，可是下樓發現我的車竟不知去向，在附近搜尋了一下，全無痕跡。

「我的車被偷了。」我說。

手機那端沉默了一下：「你想辦法盡快趕到。」

等我趕到現場，就見馬路正中幾輛車撞在一起，車頂上還有被東西砸過的凹痕，滿地晶亮的碎玻璃。一群人擠在周圍看熱鬧，交通陷入阻塞，員警在維持秩序。

我快步走進「灰西裝」所說的咖啡館，裡面沒幾個客人，一眼就看見他坐在角落裡等我。他手指夾著一支菸，桌上菸灰缸裡積滿了菸頭。

「這傢伙瘋了！」他憤然說，「剛剛，他居然從頂樓上撒下一堆肉塊，結果造成連環車禍。」

半空中，忽然劈哩啪啦下雨似地落下一堆殘肢，轟地砸在行駛的車頂上，玻璃的粉碎聲、剎車聲、驚叫聲、撞擊聲交雜在一起。

當時大概就是這樣吧！

服務生擺下咖啡杯時，打斷了我的想像。

「我們謊稱有人惡作劇從高樓扔假人，屍體乾枯得不成人樣，可以矇混過關。但下次這混蛋要是表演當眾吸血，事情可就鬧大了。」「灰西裝」彈了彈菸灰。

「不能讓一般人知道他的存在。」

雖然說近年出於保護的目的，製作了許多正面描寫吸血鬼的作品，不過一般民眾還是會害怕吸血鬼。

「可是你究竟還在等什麼？」他稍微提高聲音，用力把菸頭按進菸灰缸，不滿地吐了一口氣，接著又點起一支菸。「我不想對你指手劃腳，但盡快了結這件事，對我們都有好處。」

我當然是在等伯雷德羅德動手。

我裝著認真地說：「現在線索不足，我需要線索。各式各樣的，越多越好，越詳細越好，無論多細微也要告訴我。」

「灰西裝」掏出一疊照片遞給我，除了死者的照片外，還有案發地頂樓的照片。照片裡一地的碎塊，樓頂的水泥地面砸出幾個大坑，地面及牆壁上有十幾道筆直的切痕。

「這是怎麼回事？」他問。

「不清楚……」我也想知道頂樓到底發生過什麼事。

「我們在現場的碎片中發現了一些DNA殘留，與組織裡的資料庫進行比對，搜尋到五十九個吸血鬼，其中相似度最高的是編號為04214的吸血鬼。」

我有些意外，但仔細想想，也有情理之中。

我讓父親去襲擊的每一個人，血液中都帶有吸血鬼的氣味做為標記。具體來說，就是在他們的體內混入了04214號的體液。當然會查到04214號的頭上，這也是我以防萬一的伏筆之一。

只不過，亡靈對吸血鬼氣味如此敏感，怎麼會漏了這碎片呢？

「如果我沒記錯的話，這個城市裡，你所保護的那個吸血鬼，編號是04214。」他彈了彈菸灰：「你不認為我們該逮捕她嗎？」

「不行！」

他微帶錯愕地看著我，我才發覺聲音太大了。

讓他現在逮捕04214號，一定會驚動到上司，那麼我的計畫就破滅了。

「儘管是傳說，但大多數研究者都相信，世上現存的所有吸血鬼的血統都可以追溯到幾個超過千年的『原始種』身上。可以說，大多數吸血鬼都有血緣關係。除非DNA完全吻合，否則證據站不住腳。更何況，她所在的那個地方，根本不容她出來。」

「當真？」

「你可以隨便找一個吸血鬼學的歷史學家、遺傳系譜學家以及稍有瞭解的專業人士去詢問，由於吸血鬼繁殖方式的特殊性，就算是有百分之九十五的相似也不奇怪。」

「這裡面的門道還真多。」

「如果你從剛懂事起就只研究一種生物，過二十多年，你也會成專家的。」

不自誇地說，除了吸血鬼之外我什麼都不瞭解。從小到大，接觸的不是獵人就是吸血鬼，和正常人類談話的經驗都不多。

「對了，你的車找到了，就扔在凶案附近的停車場裡。」

車不知被誰搜過，老手做的，車裡沒有任何痕跡，只殘留下一種被人背地裡詛咒過的氣氛。我開車在市裡繞了幾圈，不知為何，總無法安心。

明知伯雷德羅德隨時可能襲擊04214號，我最後還是去找她了。

「深夜來拜訪我，真是讓人浮想聯翩。」

吸血鬼啜著綠茶，嫣然一笑。她放下茶杯，走到我面前，冰冷的手指攀上我的臉。銀色指甲劃過我皮膚，有種似痛似癢的觸感。她湊到我耳邊說：「不要告訴我，又有被害者出現了。我不希望你總是帶著死訊來看我，像個黑衣的死神。」

她的嘴唇和臉頰浮著一層薄薄的紅暈，牙齒離我的喉嚨僅有幾公分。髮絲間的香味傳了過來，那是各式各樣的薰香與她固有的香味混在一起，長年沉澱下的難以形容的嬌媚氣味。隱隱的，還有一股血腥味。

「妳剛喝過血？」我注視著她與平日不同的血紅色眼睛。

她唔了一聲，與我雙目相對，伸出一小截鮮紅的舌頭舔著嘴唇。「要不要來確認一下？」她又稍稍貼近我，在我耳邊一字一頓地說，「用你的舌頭，親口確認。」

「妳喝醉了。」

假使吸血鬼喝了太多的血，過盛的生命力就會溢出來，就像她這樣和醉鬼無異。俗稱吸血熱。

她仰倒進椅子，手背擱上額頭，頭髮潑墨似地散開。

「居然拒絕一個淑女，我告訴你啊，你這輩子都不會有女人緣的。」

「那正好，光照料妳一個，我就忙不過來了。」我將熱毛巾敷上她微涼的額頭。

她轉著眼珠，視線不離開我的臉，血紅的眼睛閃爍著迷離的光，有如紅寶石稜鏡的萬花筒。

「這麼說來，你在外面沒有女人？」

「無可奉告！」我用力把毛巾矇住她的眼睛，「拜託控制一下妳的魔力，不要對我用媚惑術。」

我始終無法直視她的眼睛，那裡面有某種我說不清的東西，讓我心生怯意。

「抱歉，一喝醉就難控制了，不過這種程度的誘惑，以你的抗魔能力來說不是問題吧！」

和我腦子一直咆哮的亡靈比，這種程度的精神攻擊，完全不當一回事。

從剛剛開始，我的先祖們就在大吼著要殺掉這個吸血鬼。

我也在不停地問自己，究竟我來這裡幹什麼？難道是來照顧一個醉了的吸血鬼？

「該不會，從來沒有談過戀愛？」矇上了眼睛，蒙不住她的嘴。又說對了。

「妳就不能閉嘴睡覺嗎？」

「真沒意思。五年了，你連名字都不告訴我。今天難得你興致高，當然我要問個明白。」

「對妳來說，我只是區區幾十年的過客罷了。名字什麼的，沒有必要。」

「只要我在說你這個字，就只能是你。這個世界上，只有你了。」

隔著薄薄的熱毛巾，她的嘴唇在我的掌心下微微顫動。毫無防備的脖子，就在我的手邊。

殺了她，再嫁禍給伯雷德羅德，那樣也不錯。只要我……

我猛然收起伸向脖子的手，放進沸水裡。沒有任何知覺，我體內的血，早就比這水更沸騰了。

亡靈咆哮著：「我真心希望你現在殺了她，不會有麻煩的。回頭伯雷德羅德來了，嫁禍給他就行了。」在一群狂亂的聲音之中，父親冷靜的語氣會有催眠般的魔力。

閉嘴，惡鬼們。

剛剛那些想法，當然不是我的心聲，只是我偶爾會把亡靈的聲音和心裡的想法混到了一起。

我應該是快瘋了吧！

她一動也不動地躺著，眼睛被毛巾矇上了，不知道她有沒有在注視著我。

大概是睡著了吧！以前的吸血鬼要是像她這麼不警惕，早就被殺掉一百次了。

難道是……信任我？

我的心情有些陰鬱了。不，不會的，當然不可能。我和她見面的次數屈指可數，每次都匆匆離去，她沒理由會對我有任何信任。

我把她從椅子中抱起來，走入煙霧中的房間深處。

雖說我有權隨時搜查，但這是第一次進入她的房間。

書櫃深處的門後，房間裡一覽無遺，只有一具素白的西洋式木棺。

滿棺的血，一張男人蒼白的臉，如紙面具般浮著。平靜地圓瞪烏亮的眼睛，血淹到他的嘴角，隨著血的波紋蕩漾，顯出一種妖異的表情。喉嚨旁邊，有兩個小孔在血波中時隱時現。

上次拜訪她時，她短暫地離開，就是在這裡做這種事吧！

「啊！」懷中的她輕輕勾住我的脖子，把臉湊到我的喉嚨邊，「被你發現了，該怎麼辦呢？」

我忍不住苦笑。

「妳違反了不能吸食人血的條律，我要立即處死妳……」我真想這麼說，可惜，世上哪有這麼好的事。

她要是那種容易失去理性的吸血鬼，那可就太好辦了，我有一千種方法可以十秒之內殺掉她。

「這個假人真是嚇了我一跳。」

我伸手扯了一下它的臉，泡皺的皮膚鬆垮垮的，一塊皮觸手即落，綻出紅白相間的肉。

我沾了一點血嚐嚐，只是豬血。

「我當年可是很擅長製作人偶的。」

「這血放了有些時間了，妳還喝？」

吸血鬼並非靠血本身維生，而是靠鮮血中蘊藏的生命力。光是物理性地吸血，喝下去也不會被身體吸收，吸血鬼在吸血的同時，身體會自動汲取生命。死物的血、離開身體超過一分鐘的血，是吸血鬼的劇毒。

「我不是想吸血，而是想咬人。與血無關，單純只是想咬人，吸人的血。上次看見你的照片，就沒有能忍住，你不會笑話我吧！」

每個吸血鬼都有吸血衝動，就和毒癮一樣。最飢渴的時候，就算是自己的親人，也會毫不猶豫地咬死。

「假如某一天妳真的忍無可忍，非要吸人的血不可，不妨偷偷地來找我，我不會介意的。」我微笑說。

「果真？」她微瞪大眼睛，嘴湊到我脖子邊。「那你閉上眼睛，我就不客氣了。」

我只是隨便說說的，簡直不敢相信耳朵。我緊閉眼睛，盡力使身體不要亂動，在亡靈的嘶吼中有些心神恍惚。

殺了她！殺了她！殺了她！

敢咬下去，她就死定了！不管我怎麼殺了她，都是正當防衛。她居然會同意，難道真的被吸血衝動摧毀了理智？

這絕對是千載難逢的機會！

可是我閉目等了許久，脖子上遲遲沒有被咬穿的感覺，卻有一個冰涼濕潤柔軟的東西印上我的嘴唇。

我吃驚地睜開眼睛，正好與她鮮紅的眼睛相對。我趕緊又閉上，生怕她看出我眼中的異樣。她的眼神卻已經刺穿我胸口，讓我的心緊縮。

她在吻我？為什麼？

我驚訝愣神之際，她靈巧的舌頭已經鑽進我的嘴。一股略帶血腥的甜美滋味，自舌尖瞬間傳遍我全身，有電流通過脊椎似地一緊。

我幾乎控制不住身體的顫抖。是因為先祖們前所未有地狂號？還是因為她攪動的舌頭？

血不顧物理規則在身體裡四處流竄，尋找著出口要從血管中掙脫！彷彿我血管中流動的不再是血，而是滾熱的鐵水！

意識融化成一片白光，我只能感覺到她的存在。

先祖對吸血鬼的憎恨，讓我只能感覺到她。04214號身上傳來的觸感，讓我只能感覺到她。

即使是先祖的咆哮，也沒有能蓋過她的香味。即使是她的柔軟，也無法使我無視世代累積的仇痛。

我緊緊抱住她，是想在洪流中抱住一棵樹，還是想扼殺她柔嫩的身體？

我忽然迷惑了。

父親在我腦海中冷峻地說：「你找死嗎？」

我猛一激靈，和她分開了。

「妳喝太多了。」我嘆息說。

「哦？難道，這是你的初吻？」她面無愧色地笑了，眼睛裡濃厚的血紅色已經消退。

還是說對了。不知怎麼，我有點控制不住脾氣。

「不要戲弄我！」

「戲弄？在你的眼睛裡，我是隨隨便便就會和男人親嘴的女人？」

「那為什麼吻我？」我不解地追問。

「因為討厭你！」

吸血鬼似乎生氣了，果然她在討厭我吧！看來，即使是我，也還沒完全參透吸血鬼的心態。討厭和接吻，有什麼關聯嗎？

我有些沮喪，本以為至少吸血鬼方面的事，我是無所不知的。

不過，我必須問個明白，自己究竟哪裡做錯了。難道是不小心洩漏了殺意？平時她對上司說過嗎？如果人人知道我和她的關係不佳，她出了事，一定會懷疑到我頭上。

「妳為什麼要討厭我？我和妳之間，似乎沒有結怨吧？」

她莫名其妙地長長哀嘆了一下。

「在和你相遇之前，你的上司還給我帶來過幾個管理員。可是，他們一見到我，就擺出一張『為什麼這個吸血鬼甘願被關在豬圈下面，是不是有什麼問題，會不會在密謀什麼』的臉。所以被我一口拒絕了，只有你臉上的表情不是這樣的。」

「哦，我是什麼樣的表情呢？」我暗暗戒備。

我完全不記得那時的想法了，該不會是在謀劃著殺她，被她看穿了吧？

「這地方的確又小又髒。但比起刀劍間的狹縫，這裡無疑寬敞不少；比起屍體的腐臭，豬顯然要好聞多了。你就是這樣的表情。我那時覺得，我的管理者就是你了。」

「聽起來，那是一種會讓臉抽筋的表情。」我一點也不明白她在說什麼。「妳是在抱怨環境太差，怪我沒照顧好妳，所以討厭我？那我明天就向上司打個報告，把妳調到更高級的住所去。」

為什麼她又嘆氣了。

「算了，在哪裡都一樣。我比人類強大多了，自然要稍微遷就人類的任性。我只要有書可看就行，當然，要是有你在也不錯。」

「我是書的贈品嗎？」

「對，沒錯。」她撫了撫垂在眉邊的長髮，嫣然一笑。「有些人會為了贈品專門買不需要的書，我也一樣。」

似乎她並沒有想像中的那樣討厭我，我大大鬆了一口氣。

「這算是誇獎嗎？有機會的話，在我的上司面前多美言我幾句，好讓我升職加薪。」我開玩笑地說。

「如果是這樣，我倒真想說說你的壞話。」

「為什麼？」

「那樣，你就不會到別的地方去了。」她狡黠一笑，「對不對，我的騎士。」

她的笑容，給我的心中送入一股無名的煩躁。我突然如坐針氈，一秒也不想在這裡待下去，一秒也不想見到她的笑臉。

一定是伯雷德羅德要來了，我才會這麼坐立不安。

如果我沒有猜錯，今天偷車的人只能是伯雷德羅德。我上一次來之後，故意沒有清除車胎裡的泥，他一定找得到地方。

我必須走了。

門在我眼前緩緩閉合，收攏起煙霧，視野內漸漸僅餘下她那彷彿飄於煙氣中、戲劇假面般的笑容。

這張美麗的臉，我再也看不到了。我應該不用再避開她的視線，可以最後再注視她幾秒了吧！

「再會。」她說。

門砰地關上了。

永別了，我的吸血鬼。

04

離開了她五公里，亡靈們終於安寧下來，他們最好永遠閉嘴。

行駛在市郊偏僻的路上，像是在深海中遊弋。漆黑的遠端，一點白色的光點悄然出現，聚起一小團光暈。我稍許減速，瞇起眼凝望前方。

模糊的光點迅速逼近著，如相機聚焦般逐漸清晰。

這時，一個銀色的西洋騎士闖入眼簾！

他的白銀鎧甲上流動著月色，巨劍橫負在背，胯下半透明黑色幽靈馬無聲疾馳。

我用力踩下剎車，尖銳的摩擦聲刺穿夜空。不等車停穩，我開啟車門跳出去，在地上打了一個滾，順勢拔出槍。車衝出路邊，撞上一棵樹後停住了。

他左手拉了拉韁繩，幽靈馬當即悄無聲息地停下，懸浮在離地面十幾公分的地方，純黑色的眼睛瞪住我，不耐煩地噴著白氣。他連人帶馬超過三米，巋然不動，靜物畫似地站著，居高臨下地俯視我。

我趴在地面上，槍口瞄準鎧甲的縫隙。

是伯雷德羅德。五年前我就見過他以如此的姿態獵殺吸血鬼。雖然在這裡與他相遇有些麻煩，但我能夠宣稱我並不知道頭盔下面的那個人是伯雷德羅德。

好了，現在只要收起槍，裝作什麼都不知道，讓他過去，一切都將在今夜結束。

然而，手卻不聽使喚似地穩穩地瞄準他。

伯雷德羅德抬起右手，錚地從背後取下劍。

我心中一驚，立即瞄準他的右手。

他甩手把劍往地面一擲，水泥地面一震，龜裂出一個凹陷。鐵色巨劍插進地面，露出三分之二。騎士垂著的手，恰好與劍柄同高。

那是比04214號還要高、看起來連一人合抱的鐵柱都能斬斷的巨劍。

我便緩緩站直身，手指依然緊緊扣在扳機上。

我應該收起槍，裝作一無所知。這是在發什麼傻！

視線不自覺地被插在地面的劍吸引，我彷佛已經看見劍身上倒映出她慘白的臉，看見她的長髮在風中無力飄零，看見她嬌弱的身體在疾劈下的劍刃下攔腰裂成兩截，旋即幽靈馬載著銀色的騎士輾過她，鮮血點點飛濺在冰冷的鎧甲上……

我的手指一定是僵得累了，才會違背我心意地扣下板機。

砰！

那一刻，他反手握住劍，幽靈馬瞬即疾衝，劍擦出一長串火花。一股熱風倏地捲過我的頭髮，我剛反應過來，劍尖已經指住了我的額頭。

劍刃有如剛落地面的隕石般透出赭紅色，燙焦了我額前垂下的一根亂髮，冒出一縷輕煙。

槍聲猶在迴盪，子彈已不知飛去了何處，我內心的激盪彷彿也隨著子彈不知去了何處。

劍身上密紋著電路圖般暗金色的魔法咒文，護手正中的正反面分別刻著一張緊閉的嘴和一隻緊閉的眼睛，像有什麼東西沉睡其中。

半透明的幽靈馬對我投以鄙夷的目光，衝著我的腦袋「哧」地噴出一團白氣，可以感覺到頭髮上濕轆轆地結了一層霧珠。

銀鎧甲上繪著淡色的咒文，看不真切。全封式的頭盔把騎士的臉遮得嚴嚴實實，面罩的縫隙裡射出的目光帶著中世紀古堡式的沉重。

我心跳不由自主地加快，一動也不動地注視著他。

「只要我願意，你早就已經死了。」透過頭盔，他的聲音金屬鏗鏘，凝在空氣中，彷彿能折下一段來砸暈人。「現在，你仍想擋我的路嗎？」

剛剛只是我一時衝動，冷靜一點，我怎麼能功虧一簣。

「不。」我以幾不可聞的聲音說，「我只是個吸血鬼管理員而已，不是吸血鬼就由不得我管。」

騎士默然收起劍。

幽靈馬緩緩起步，從我身邊踱過，沿著我的來路，如漸漸甦醒的夢境，消失在視野外。

槍自手中滑落。

我心煩意亂，索性倚在路邊的樹下休整心情。

稍微平靜後，我的視線不自覺地投向地面。公路上留有長達五十米的深深劍痕，直指向04214號的住處，彷彿黑衣女巫不吉的預言。

04214號死後，再等伯雷德羅德被處死。我就會辭職，找個沒有吸血鬼，也沒有吸血鬼獵人的地方，隱居起來。

毫無疑問，我的計畫不可能出錯。

這下，亡靈們，該滿意了吧……

她的眼睛始終在我眼前閃亮，親吻時，我曾經短暫地睜開過眼睛，隨即又閉上，卻已忘不了她眼中一瞬而過的神色。

我舔了舔嘴唇，吸血鬼的氣味彷彿還殘留在我的唇間。她那冰冷的唇，此刻回想，像是溫暖的手，又像是灼熱的烙鐵。

我依然不明白，她為什麼要吻我。

難道她有自己將死的預感，所以忽然做出了脫離常軌的事？還是說受了月亮位置的影響？

「這地方的確又小又髒，但比起刀劍間的狹縫，這裡無疑寬敞不少；比起屍體的腐臭，顯然要好聞多了。你就是這樣的表情，我那時覺得，我的管理者就是你了。」她說過。

她說這話，又有什麼意義？

就算我覺得那個豬圈比刀劍間的狹縫更寬敞，比屍體的腐臭更好聞，又能說明什麼？

只不過，那時的我，厭倦了在刀劍間生存，不想再聞到屍體的腐臭，想過上太平的日子。僅此而已。

對，是這樣啊，我明白了。

吸血鬼04214號所希求的，也僅僅是這樣一個和平的容身之處。狹小骯髒也無妨，失去自由也無妨，只要別太過寂寞就可以了。

所以要有書。

所以要有我。

對她來說，我是志同道合的人，是厭倦了殺戮、祈求和平的同伴。

原來如此，我一直不敢直視她的眼睛，不是怕被她看透，也不是怕暴亂的亡靈，而是我沒有辦法一邊想著如何謀殺她，一邊面對她眷戀的目光！

我以為是那雙火紅的眼睛灼傷了我，在我心上燙下了抹不去的傷疤。而此刻，我才知道那不是挖開了傷口，而是在我心裡播下了種子，有一棵樹在靜靜生長。

我才發覺，自己是個無可救藥的混蛋，居然向亡靈屈服，去謀殺這世上唯一信賴我的人！

我坐回車裡，拼命地想啟動汽車。

「你在幹什麼？」父親的聲音忽然響起。

我既沒有唸喚醒他的咒語，也沒有靠近吸血鬼，他不是應該沉睡著嗎？

「你前幾天只唸出喚醒我的咒語，沒有唸出使我沉睡的咒語，我自然還一直醒著。對了，假如你不知道沉睡的咒語，那想必是我死得太早，還來不及教你。」

我又被他矇騙了，不過現在沒空計較這種事，伯雷德羅德應該已經殺進地道了。

「你這麼著急，想去哪裡？我想到了幾件不可能發生的事，現在想問一下最不可能的那件。你該不會是蠢到突然後悔了，想回去阻止伯雷德羅德吧？」

車始終發動不起來，似乎哪裡撞壞了。

「你腦子燒壞了嗎？想死了嗎？」他譏諷地說，「別妄想了，你血管裡流著與我相同的血，只為獵殺吸血鬼而存在的血。為殺吸血鬼而生，為殺吸血鬼而死。」

我終於忍不住了。

「死，我不是早就死了嗎？從出生起我們就已經死了，成了行屍走肉。不再是一個人類，而是一個容器，裝滿了腐屍的血和亡靈的詛咒！」

對，我身即地獄。既然如此，我還怕什麼死呢？

「我是你們最後的子裔！一旦我死了，血脈斷絕，這個家族灰飛煙滅！那再好不過了！」

「你這麼願意找死。」他慢慢地說，「那死在我的手上，不算你冤。」

我全身的血液，一瞬間靜止了。

心臟的跳動被強停，大腦的供氧被切斷，彷彿血管裡灌進了水泥。原來，他還有這樣一招。

我還有幾分鐘可以活？

我真想感謝父親，把我的身體改造得如此非人。即便此刻，我居然沒有失去知覺，居然沒有四肢麻痺，居然還能大聲吶喊！

「要死，我也不會死在你的手上！」

可惡的車，給我動起來啊！

我猛然一踢，腳似乎輕輕鬆鬆地折斷了。

我的感覺不太真切。

車竟然發動起來了。

我勉強將車倒回車道上，用折斷的腳猛踩下油門。我想笑，不知道痙攣的臉有沒有做到。就連握方向盤也勉強，車歪歪扭扭地行駛起來。

眼前漸漸發黑，但我知道，就是這個方向。

我還有幾秒鐘可以活？

車在開嗎？我踩著油門嗎？我感覺不到了，說不定我早就死了。

「有時候，我真覺得自己的教育太失敗了，怎麼教出你這麼一個不成器的孩子。」父親一聲嘆息。

不知過了多久，大概有樹苗成長至參天古木那麼長的時間。

血重新流動了！

不，當然不是父親手下留情。只不過，我駛入了吸血鬼的五公里範圍之內。那些瘋狂的亡靈甦醒過來，他無力阻止他們驅乘著我的血液狂飆。

我又活了過來。

衣服濕乎乎地黏在身上，彷彿剛剛從午後的暴雨中走過。手指一點點恢復知覺，腳踝的斷處痛得不得了。

但我贏過他了！有生以來，我第一次正面贏過他了！

我放聲大笑。

「剛剛你應該立即割傷自己，把我召喚到人間，命令我說出讓自己沉睡的咒語。這是最好的辦法，瞧你把自己弄得這麼狼狽不堪。」

我啞口無言。

「你畢竟是笨蛋啊！」他說。

突然，先祖們沒了聲息。看來五公里的範圍內，已經沒有活著的吸血鬼了。

「伯雷德羅德的動作還挺快的嘛。」父親笑著說，「也省得我再多事了。」

我腦海一片空茫。

2. 肢解疑雲

01

曾經，我的的確確想要保護吸血鬼，為我家族千百年來的殺戮做個了結。

第一次與04214號見面時，我特意選了一個月圓中天的黑夜。在那之前好幾天，我閱讀了許多小說，精心準備了一段可以打動吸血鬼的臺詞，讓她指定我成為她的管理員。

那個時候，我還以為自己能克制住體內的亡靈，無視它們的咆哮，便惴惴不安地推開那扇門。

「妳好，從今天開始，我將擔任妳的管理員，編號HD19557。我發誓將以鮮血守護妳的生命……」

我才把想好的臺詞背到一半，就愣住了。沒想到，她是我見過的吸血鬼。

「咦？原來是你。」她瞪圓了眼睛。

一般來說，我見過的吸血鬼，都被殺掉了。

「真巧。」父親的亡靈笑了，「這個不正是我最後一次差點殺掉的吸血鬼嗎？被你的上司救走，原來被囚禁在這裡了。」

我不知道她的名字，想必她也不知道我的名字。但在她與父親戰鬥時，我就在旁邊。半年前與她的那一戰後，父親死了。這半年裡，我在組織裡接受了公約的培訓，被派給她做為管理員。我早就聽說過，她才被納入保護半年，就更換了好幾個管理員，是個難伺候的吸血鬼，也是當時唯一還沒有指定管理員的吸血鬼。

大概正是因為誰也不願意接管她，上司才不得已派我來。

不，我的上司肯定早就忘記這種事了。

「殺了她，完成我的遺願，兒子。」父親說。

我當然不會理他。

但我是沒希望了，她不可能讓曾經死鬥過的敵人來保護她。這份工作還沒開始，我就要失業了。

我可不想餓死在街頭，於是硬著頭皮坐到她面前。

「這次倒真給我派來一個不錯的人。」她用手指劃著我的臉龐。「上次沒有看清楚，現在仔細看看你的臉，很有異族騎士的味道，比先前那幾個人好看多了。」

她察覺到了嗎？她指尖撫過的地方，我的皮肉微微顫動。薄薄的那一層皮膚下，我的血滾熱奔騰，亡靈的聲音淹沒一切。

殺了她！殺了她！殺了她！……

我頭一次知道，原來沒有一種酷刑，可以比得上和一個吸血鬼面對面喝茶。為了強忍住體內的灼燒，我甚至不敢動面前的杯子，生怕會拿不穩地灑了一地茶水。

「別這麼緊張，我又不會吃了你。」她掩嘴而笑。

「快離開這裡。」父親命令。

我偏不。我要證明自己可以成為一個合格的管理員，可以保護我面前的這個吸血鬼。

直到那時，我還是不相信，自己從小接受各種殘酷的訓練，會輸給咆哮的亡靈。

「剛才的臺詞也太老套了，我可看過許多許多的書。」她的目光轉向房間裡的書架。

我擔心自己給她留下了不好的印象，表情微微有些僵硬。

「不過，太過老套反而覺得很新鮮。第一次有人當著我面對我這麼說，感覺自己真的好像變成了公主，你就是我的騎士。」

她像是壓根忘記了我與父親曾經差點殺了她。

殺了她！殺了她！殺了她！……

「妳不打算辭掉我？」

「我為什麼要辭掉你。如果要選個和自己相伴一生的人，當然是長得好看比較重要。」

「不，我的意思是，我和妳，過去，曾經……」我吞吞吐吐。

「我們有什麼解不開的過去嗎？你又不是我以前的戀人。」她對我伸出手，「讓我們好好相處吧！」

我與她握手，鬆了一口氣，她沒有想像中的那麼難以接近。

她卻有幾分不滿似地抽回手。「這種時候，身為我的騎士，至少也該吻我的手吧！」

正好在此時，緊繃的神經忽然一鬆懈，我竟然很沒用地昏了過去。

殺了她！殺了她！殺了她！……

黑暗中浮出無數破碎的畫面。中世紀的古堡、月夜的森林、黑暗的解剖室、紅色與黑色的血、一張張全然陌生的臉、與吸血鬼的戰鬥、被吸血鬼殺死的瞬間……有些見過，有些根本沒有印象。

各式各樣的、屬於我或不屬於我的記憶聚成一個巨大的網，罩住了我。眼前一片空白，猶如沉入浩淼的大海。我奮力想在海中找到我自己，然而這海亦是我自身所構成。處處都是我，我無從尋找到真正的自己，最終沉入海底最深處。

醒來時，我躺在地上，枕著04214號的膝頭。她捧著一本魔法書，翻找著治癒的方法。

我想起身，她卻輕輕把我的腦袋按在腿上。

「沒關係，你可以好好躺一下。我試過用魔法喚醒你，但根本沒有用。」

「我……怎麼了？」我下意識地問。不是問她，而是問父親。

她卻道歉了，內疚似地用書本掩住臉，露出的眼睛裡有藏不住的笑意。

「對不起，我看你一臉緊張，就忍不住想開個玩笑讓你放鬆一下，沒想到你居然這麼純情。」

我不懂，她怎麼會誤解我很純情，不過總比發現我的異常要好。

「不關妳的事，是我突然有些頭暈。」我說。

「那是我們的家族病。」父親突然開口，說出一件我從沒聽說過的事情。

有太多亡靈存在於我的體內，它們散發出的負面能量，終將會使我失去自我，與亡靈的思想相通，變成沒有自己思想，只知仇恨吸血鬼的瘋子。

不定時的昏迷就是徵兆，如果平時獵殺吸血鬼，讓先祖們滿意的話，可以減少發病時的痛苦，拖延發病的時間。但不管怎麼做，最終都會徹底瘋掉，就和我血中的一千三百二十九個亡靈一樣。我父親因為天賦過人，暫時保有了自己的意識，但用不了多久也會瘋掉的。

當然，我的家族不會承認這是精神病，而是稱之為英靈附體。變成一個戰鬥技藝精純的獵殺機器，對我們的家族來說，正是最高的榮譽。

現在，我的家族只剩下我一個人，背負著所有的亡靈。如果不靠獵殺吸血鬼來宣洩，大概不到三十歲，我就會瘋掉。

我的人生，就到三十歲嗎？

「殺了吸血鬼，將她做為獻給先祖的祭品，平息怨靈的不滿。這樣，你才能活得久一些。」父親猶如惡魔般在耳語。

結果，我還是反抗不了我的血統？我要殺了她？

殺了她！殺了她！殺了她！……

04214號根本不知道我心裡的遽變，嘆息一聲。

「真沒想到，騎士在保護公主之前，先被公主照顧。你這個騎士，真的靠得住嗎？」

「我……會保護妳……用鮮血保護妳的生命。」我本能地唸出背了無數遍的臺詞，忽然發現這段話由我說出口，是多麼的諷刺。

我的身體裡，哪裡還剩一滴一毫的鮮血，滿溢著黑稠腐爛的死水！

「那我就把生命交給你了，要保護好我喔，我的騎士。」她笑了。

笑得何其耀眼，從此讓我不敢直視她的眼睛。

為什麼直到我永遠失去了，才讓我想起，她的笑容如此絢爛，宛如一瞬劃破黑沉長夜的流星。

永不復還。

02

風淒涼地颳過廢墟。

斷垣殘壁間，飄出苦臭的焦味，一派戰火洗劫過的光景。一切被夷平後，本該隱藏在牆壁中的門曝露在月光下，被劈得七零八落。

此刻我非常希望血液中的亡靈能尖嘯起來，然而它們沒有半點聲響，比一潭死水還安靜。

我拖著傷腿，一瘸一拐地踩過龜裂的地面，破碎的石塊咔嚓咔嚓地作響。地道的牆壁扭曲破裂，硬生生地被撐大一圈，裡面垂出的斷電纜像死去的黑蛇一樣吊著。

盡頭的桃木門斜斷成兩半躺在地上，房間裡黑寂寂的，和屍體無異。滿屋劍痕像狂風捲過似的大地，與第二個殺人現場的切痕如出一轍。

我早該想到，凶案現場難以解釋的劍痕便是伯雷德羅德留下的，他畢竟也是個獵人，追蹤是獵人的強項。

書架大半傾倒，書頁散了一地，另外還有各式各樣的碎片，以及散落的肢體。我抽了一口冷氣，腦海裡驟然閃過伯雷德羅德殺死她的場景。

原來只是那個人偶，頭軟軟地歪向一邊，瞪圓眼睛的表情可怖得近乎可憐。

手電筒照亮整個房間後，一處金屬的反光引起了我的注意，靠近一看原來是用以定位04214號的項圈，它被斜著切斷，邊緣還有血跡。

沒事，就算是頭被切下，吸血鬼也不至於死掉。

一定沒事的。

我仔細地搜尋了廢墟及周圍，什麼都沒有找到。沒有屍體，沒有她確實死去的證據。說不定她平安逃走了，正在尋找和我聯絡的機會。

半個小時後，「灰西裝」趕到。他的手下不等他的命令，就像自動化工廠的生產線般自顧自地清理起現場。

「灰西裝」用佈滿紅絲的眼睛掃過廢墟，摸摸下巴上細碎的鬍渣，不勝惋惜地嘖嘖嘴，最後才把視線轉到我身上。

我盡可能裝得平靜地訴說了一遍經過，沒有說出伯雷德羅德的事，只說與銀騎士相遇後忽然覺得不對勁，想阻攔時已經遲了。

「你只為發動汽車就把腳踢斷了？真看不出你原來這麼大脾氣。要去分部的醫院嗎？」

「用不著。」

「哦，那算了。反正你們這些人總有些古古怪怪的法子給自己治傷。」

的確，我的屍血能修補身體內部的各種損壞，免疫人類已知疾病的90%，並抵抗一定程度的魔法。

「那個吸血鬼死了嗎？」他問。

「不知道。」

幾個人從地下搬出假人的肢體，拼成一個身上佈滿齒痕的人形。「這是從裡面的房間發現的。」

「這只是假人，血也只是豬血。」我馬上接上話。藍制服的工作人員幾分鐘後證實了我的話。

「灰西裝」略加思考後，嘴角邊掠過輕蔑的冷笑。「因為想吸人血想得發瘋，所以就弄個假人來過過癮？」

「不是你想的那樣。」我無力地反駁道。我應該對他的態度生氣，卻又沒心情生氣。

他隨便一踢假人的頭，「這種怪物，最好還是死了。」

「她不是怪物！」

我還未曾來得及想過是抓住他的衣領還是打他一拳，便憤然地揚起手。

「你給我冷靜點！」

他凌厲地瞪住我，視線瞬地掃過我身體，停在我脖子上，像是用刀頂住了我的喉嚨。

所有人都在看著我。

我收回手，心中充滿挫敗感。

「要我說，吸血鬼就是吸人血的怪物，為了人類安全就該統統消滅，一個不剩！」他的語氣雖然平靜，卻像是隔壁的房間裡關著野獸，隔著牆也能感覺到滿溢出來的怒氣。

「吸血鬼有吸血衝動很正常，這只是他們的生物習性。還有，他們只吸血，不吃人。」

「什麼生物習性，什麼瀕臨滅絕，只有像你這樣的人在說。一般人就是劣等動物，不罕見，不稀有，離滅絕還遠著呢！就可以隨便死了嗎？你那吸血鬼的安危我才不感興趣，我只想要抓住這一連串命案的兇手，不能讓下一個受害者出現。」

只有兩起，不會再有新的吸血鬼案件發生了。我會讓這起案件看起來像是過路的野生吸血鬼做的，只不過伯雷德羅德衝動地誤以為是04214號幹的，結果造成了慘劇。

伯雷德羅德殺了她。

有那麼一瞬間，我真閃過了為04214號報仇的念頭。

可笑的是，幕後的元兇明明就是我。

「兇手的事我會處理，請你專心搜尋吸血鬼的下落。」

「不用你說，我怎麼可以讓一個吸血鬼在城市裡隨便遊蕩！」

他的那些手下花了一刻鐘不到的時間就完成所謂的現場調查，隨著他一同離開。

「希望你記住一點，我是這裡的負責人，並不是你們的打雜，就連你的上司也無權命令我。」他說。

現場又只剩下我一人，我無意義地踢開腳邊的一塊石子，環望著廢墟，心底一陣空落。

「灰西裝」對我沒好感，我對他也一樣。

手機忽然響起，是我的上司。

「不管是死是活，五天……不，三天！七十二個小時之內，你要找到04214號，不論死活，化成灰也要。否則的話，你就啟動她體內的自滅咒文，密碼是……」

她把密碼告訴了我，透過電話，她的聲音有些殘忍。

「那個襲擊者要當場處死，死得越慘越好，要讓所有人，無論敵人還是同伴看看，敢與我們作對的人絕不得好下場！別等我親自出手！結束後寫份詳細的報告給我。」

我剛準備回答，她便結束了通話。

城市裡沒有吸血鬼的氣息，也沒有伯雷德羅德的蹤影。

伯雷德羅德有一個無人問津的小酒吧！在一幢大廈的背面，門口也沒有掛招牌，粗看和地下倉庫的入口無異。我湊著門縫向裡張望，裡面一如所料的空無一人。我撬開鎖，走到吧台倒了一杯酒。

就算是白天，陽光也照不進這個酒吧！長年亮著一盞昏黃的燈，勉強照亮不足九十平方米的小酒吧！酒吧裡的裝飾很簡單，近乎草率，唯獨正對吧台的牆上，一幅整牆的油畫十分搶眼。

畫上，一隻惡魔被長矛釘在樹上，而一位騎士背向惡魔離開。惡魔當然是絕望的表情，而騎士也一臉悲壯，沒有一點勝利者應有的姿態。反是惡魔噴出的血染黑了樹、大地、長矛、天空及騎士的臉、破損的披風、白銀盔甲……

血到處都是，讓人產生錯覺，勝利者並非騎士或惡魔，而是肆意張揚的黑血。畫上沒有畫家的簽名，卻有一種不亞名畫的魄力，代替簽名的，是一行小字：染盡污穢，施遍正義。

「正義？」我笑了。

怎麼能忍住不笑，他直到現在，還以為自己是正義的一方？

「對，這就是你無法理解的正義。」伯雷德羅德的聲音從身後傳來。

我拔槍，反手射盡子彈。隨即一躍而起，在半空中裝上彈夾，落在吧台後面，瞄準了他。

他安然無事地站在那裡，右手戴著一隻鐵手套，握拳於面前。鬆開鐵掌，盡是被捏爛的子彈，他隨便一甩，猶如灑落滿手的露珠。

「你只有這點本事？」他不屑地說道。

「昨天吸血鬼被一個銀甲的獵人襲擊了，你知情嗎？」我明知故問。

「你在說什麼蠢話啊！」他咧嘴笑了，「你不是明明看著我去殺吸血鬼了嗎？」

「是……是你？不，不可能！」我裝著大吃一驚。

他猛然握拳。

純黑的火焰，自手腕開始，彷彿燒透空間般吞噬了他的身體，映顯出鎧甲的輪廓。銀色的鎧甲與巨劍，在褪落的火焰中成形。黑色火蛇竄躍，聚攏在他身下，凝成幽靈馬的形狀。他隨手一揮劍，暴風捲開酒吧的桌子，龐然佔滿了不大的空間。幽靈馬噴出一股白氣，吹開散落的紙片。

「我曾和你父親並肩戰鬥過，你不要說認不出我。」

我裝作不知地說：「那個不合群的人還懂合作？我可沒聽說。」

他望著槍口，挑釁地摘下頭盔，露出淡金短髮、殘缺的半邊右耳及凜然的臉，廣袤草原般的綠色眼睛凝視我。

「對！昨夜，便是我伯雷德羅德征討了那個吸血鬼，摧毀了她的巢穴。」

我急切地問：「她呢？你殺了她嗎？」

「可惜，讓她逃了。狡猾的女人，用一個假人吸引了我的注意力。」

我就知道，她沒這麼容易被殺掉。

我克制著雀躍的心情說：「既然你肯乖乖認罪，那麼，我要依照公約逮捕你。請立即解除武裝，否則我就要動武了！」

「罪？殺人的怪物無罪，而反抗的人有罪？那個吸血鬼正是最近這幾件凶案的兇手。我曾與吸血的兇手交過手，它根本不是吸血鬼，只是她製作出的人偶。它只襲擊那些被她標記的人類，你知道嗎？」

我當然知道，正是我讓父親襲擊沾上她標記的人類。我只需要他誤會兇手是04214號，沒想到他會連我的手法都發現了。

有些危險，不過無妨。

「胡說八道，我不信。你這個有前科的盜獵者，只不過是為了自己的私慾，嫁禍給她罷了。」

「我不需要任何人相信我，我只篤信心中的正義。」他一臉堅定地說，「吸血鬼為邪惡之物，誅殺他們不需要任何藉口。正義在我，不管何等的敵人我都不怕！」

什麼正義，真是噁心死了。

不過，我現在心情很好，不想和他爭辯這種沒有意義的問題。

「那就不要怪我了！」

我撲向他，隨即借力撞開酒吧的門。

「等著接受組織的制裁吧！」

扔下這麼一句話，我離開了。

我才不管伯雷德羅德的死活，本來就打算讓組織收拾他。來這裡，只要確認04214號沒死，我就心滿意足了。

這一整夜我都沒有回家，或許她已經在家中等著我了。

這一次，我一定要保護好她。

家裡空無一人，只有冰冷的空氣。

駛近家時，亡靈仍死睡著，我就知道她不在。雖然失望，但還是要回家一趟，準備一些搜尋吸血鬼的工具。

進樓時，管理員叫住了我，說是有人給我送來一個包裹，我不在家，便寄放在管理室。

我無親無故，想不出有誰會寄包裹給我，但收件人的確是我。

那包裹長條形，沉甸甸的。寄件人的地址和姓名很陌生，留言處寫著「避光、冷藏」，字跡也很陌生。

我翻到背面，包裝紙上用字母拼出一個小小的四葉草圖案，每個字母都首尾相連，用一筆一氣呵成寫出來的，書寫咒語所用的正統魔法字體。

咒語的效果是必達，使施法對象必然抵達目的地。四葉草則是幸福與幸運的象徵，與必達咒語相結合，能使效果倍增，並讓收件人得到一些意外之喜。這一點上，感覺不出惡意。

我用魔法探測了包裹，也沒發現什麼異樣。

我拉起窗簾，開啟包裹，裡面是一個黑色的不透光塑膠袋，外觀是一個長條的棍狀物。我捏了捏，軟綿綿。

「嗞」地劃開塑膠袋，一整條完美無缺的白皙手臂。

我不禁微微吸了口冷氣，拔槍在手。感覺有誰在暗處偷看我，給我開了一個惡劣的玩笑。

房間裡只有我一個人。

這是隻左手，手掌半握著，上臂的截斷處切口極平整，感覺能隨時黏回身體。我把指尖端到眼前，那個指紋和銀色的指甲我都極其熟悉，那是04214號的手臂。

我手驀然一輕，手臂摔落在桌上，手掌軟軟地垂在桌沿外。一陣缺氧似的暈眩，我有些站立不穩，緩緩地坐下，將她的手抱在懷裡，用力地呼吸。

冷靜，我要冷靜下來，好好思考。

她的手臂宛如活著，柔軟冰冷。

怎麼可能冷靜得下來！

04214號的手在這裡！只有手！她在哪裡！她的其餘部分在哪裡！

就像有誰拔掉了我腦海裡的塞子，一切都咕嚕咕嚕地打著轉混成一團，漏到我搆不著的黑暗角落。

只要這隻手還在我的面前，我就不可能冷靜。我將手臂重新封好放進冰箱，假裝自己什麼都不知道，握緊槍柄，平順呼吸。

前一刻我還欣喜她活著，此刻殘酷的現實卻無情地打擊了我。不，不要抱什麼幻想，想著只是一條手臂而已，她還沒死。

她死了，她真的已經死了，被肢解了。就算是我血中的亡靈，也不會對她有所反應了。

這樣想著，我眼前一黑，倒在地上。

該死的家族病，又犯了。

我振力一掙，卻忘記了手中的槍，不小心對著牆開了一槍，槍聲聽起來異常遙遠。隨即我的意識被無數亡靈拖下深淵，先祖們的記憶糾纏住我，讓我置身種種幻境。

千年來我的家族與吸血鬼的仇怨，歷歷在目。

時而我握著十字巨劍，在死寂的墓穴深處尋找吸血鬼的棺木。旋即又頂著轟炸機的呼嘯和防空炮的火光，在破碎的街道與吸血鬼廝殺。我被人高高抬起過，國王授予我勳章。眨眼間我又被人唾棄，小孩子用石頭砸破我的窗。我能在活屍的大軍中毫髮無傷，卻只能眼看戀人被吸血鬼撕碎。我拯救過無數座城鎮，也毀滅過無數個村莊。手中染盡鮮血，吸血鬼的血、人類的血。

自從五年前第一次發病，我所見的記憶越加完整，也越加真實。也許某一天我會陷入一個長夢，徹底變成一個瘋子，永遠沉湎於那個已經逝去的千年。

那或許會是我的家族最光榮的一個千年，但肯定也是我的家族最慘痛的一個千年。

不管如何，那都是一個已經終結、永不復返的千年，和我無關的一個千年。

我已經不會再屈服於亡靈了。

等我奮力尋回自己的意識，已經是午夜。

我躺在自家的床上，床邊坐著什麼人。我轉過頭想看清他，頭卻一陣暈眩。

「醒了？」「灰西裝」不冷不熱地說，「發生了什麼事？」

「老毛病犯了而已。」我把手貼在額頭上，輕輕揉著。

「有人報警說聽見槍聲，我們趕過來，看見你昏倒在地板上。」他眼睛熬得通紅，聲音裡透著深深的疲憊，看來有好幾天未睡。

「我知道你忙著找失蹤的吸血鬼，不指望你幫我查案，所以，你也少給我惹點麻煩。」聽口氣他沒發現冰箱裡的手臂。我安心了些。

「不用查了，兇手不會出現了。」

「說明白點。」

「伯雷德羅德承認他襲擊了04214號，以為她就是案子的元兇。當然，04214不是，兇手另有其人。伯雷德羅德在第二現場和兇手交了手，沒殺掉兇手，他恐怕已經受驚逃離這個城市了。」

就像原本的計畫，我把兇手推給了路過的野生吸血鬼，當然不會再有案件了。

「哦？我可不這麼認為。」他牽動嘴角笑了笑，感覺很陰險。「或許我該和伯雷德羅德談談。」

「他什麼都不會說，他把組織當成敵人。」

「倒和你說了。」

「他和我父親是朋友，以為能說動我回心轉意。」

包裹的事，我暫時不打算向組織報告。

沒有什麼理由，就是不想。

他用手術刀似的目光盯視我說：「你是不是在隱瞞什麼吧？」

我不動聲色地反問：「我能隱瞞什麼？」

「也許是我太多心了，在調來這裡以前，我還一直在戰鬥部門，一下子坐辦公室未免有些不習慣。總之，就是覺得你長著一張叛徒臉。」

「我做錯了什麼，讓你看我不順眼了。」

「我沒辦法相信一個到哪裡都戴著手套的人。」

沒錯，我是總戴著黑色的皮手套，但可不光為了不留下痕跡。我自有我的苦衷，不過我懶得解釋了。

「總之，你好好找吸血鬼。案子的事，我信不過你。」他說。

「隨你便。」

後半夜，我試圖追蹤包裹。寄件的地址只是一般的人家，全家人都有被催眠過的跡象，問到包裹都一問三不知，屋子裡沒有留下任何痕跡。

第二天上午，第二件包裹寄來了。不同的地址和寄件人，相同的符咒和留言，相同的毫無線索。在拆開前已經有了心裡準備，裡面裝的果然是整條右腿。

顯然，這不是伯雷德羅德幹的。

不管那是誰，我絕不會放過他。

03

伯雷德羅德的酒吧！上次弄壞的門仍沒修好，酒吧裡還是一片狼籍。

如今，我的大腦就像是空轉的發動機，除了沮喪和憤怒，什麼東西都產不出來。我需要擅長追蹤的人協助，所知的人選中，只有伯雷德羅德。

他仍在苦尋04214號，卻不知她已經變成了肉塊。

我隨手抓過一瓶酒，從喉嚨裡直灌下去。灌完一瓶，感覺像喝水，酒精一進體內就被屍血分解得乾乾淨淨。我又抓起另一瓶，卻被人給奪走了。

「不要浪費我的酒！酒可不是這樣喝的！」

伯雷德羅德穿著普通的衣服，右手扛著巨劍，斜睨了我一陣，「哼」地把劍拋在吧台上，整個吧台一震。

他手一撐，翻進吧台，挑出幾瓶酒，灌在一起用力搖晃調酒器。氣勢之猛讓人覺得調酒器隨時會被他捏碎，連著酒一起炸濺。他打開之後，一股充滿侵略性的烈酒味刺進我的鼻子。

「幫我找04214號。」

他的杯子在嘴前停下，露出嘲笑的表情。

「原來你養的寵物沒回來找你。早說過，只有死去的吸血鬼才讓人信得過，知道教訓了吧！」

「和我合作，沒你的壞處。」

「你知道榮譽和信念是什麼嗎？誰會像你這麼無恥！我絕不會和你們組織合作，你們的想法與我的正義背道而馳。」

又是正義信念，噁心死了！

我盡力壓住對他的厭惡說：「組織已經知道你就是襲擊者，我冒著背叛的風險來找你，就是和組織無關。」

也許是背叛兩個字觸動了他，「說下去。」

「據可靠情報，她在逃離你之後，與某個人接觸過，就此失蹤。因此我懷疑她現正和那個人一起，我想找出那個人。我有理由相信他曾在某兩個地點出現過，並且將會在第三個地點出現。只要你願意和我合作，我就提供給你地址。」

「成交！」他目光銳利地盯住我，「不過，一找到她，我就會立刻殺了她！」

「有本事你就殺殺看吧！」

「看來，非得讓你好好見識一下，什麼是真正的獵人！」

吹牛倒是很厲害。但在我眼中，他所做的事與我做過的並無兩樣。唯獨與我不同的，便是他總在喋喋不休地嘮叨。

「你知道你欠缺的是什麼嗎？直覺。與生俱來的天賦加上出生入死的經歷，能調成堪比預知的直覺。還有就是獵人的信念與正義。」

他那副嘴臉，彷佛一隻又老又醜的烏鴉插著偷來的孔雀羽毛招搖過市。

「你說夠了沒有！你以為我不知道盜獵者是什麼貨色？一群除了獵殺吸血鬼外什麼都不會的人！老老實實承認吧！你們不獵殺吸血鬼就毫無用處，和什麼正義榮耀完全沒有關係。」

「對，我們為獵殺吸血鬼而生，為獵殺吸血鬼而死。如你所說，沒有了吸血鬼，我們就沒有活著的意義。」他加重語氣說，「正因為如此，這個世界上只有我們將吸血鬼視同為與我們一模一樣的『人』！」

我氣極而笑：「你在說什麼胡話！」

「一般人人害怕吸血鬼，把他們當成怪物，而你們正好相反。看看你們是怎麼對待吸血鬼的？把她關在豬圈的下面，用重重機關囚禁起來，給她帶上項圈，身體裡植進咒文。甚至你們連她的名字都剝奪掉，只給她一個編號。這就是你們所說的『保護』？根本就是只把她看成是動物！還是死在我的劍下更有尊嚴！」

我握緊拳頭，覺得自己若一鬆手，拳頭就會不由自主地飛向他的臉。

「殺人的一方，居然好意思說是為被殺的一方著想！臉皮厚也要有個限度。」

他被我說得噎了一下，頓時大怒：「我說了這麼多，你怎麼還是不明白！

「誰會明白？獵殺吸血鬼根本就是錯誤的，憑什麼說吸血鬼都是邪惡的？」

「你覺得這些都是我們頑固的偏見？天真，太天真了。」他搖搖手指，「那麼我倒要問問你，你們組織幹嘛要這麼對待吸血鬼？假如真心相信吸血鬼的話，為什麼不讓他們像自由人那樣活在人群中？」

我無法回答。

「你們組織也很清楚，吸人血的衝動是吸血鬼的天性。這一生我遇見過無數吸血鬼和獵人，你絕不會知道當中有多少悲哀的故事。人類和吸血鬼只會互相傷害，而我們獵人就是為了終結這一切而存在。這便是我的正義，我的信念！」

我不能認同他，但我無法反駁，明明心中覺得他是錯誤的，卻找不出合適的話語來反擊，只能沉默。

他勝利般地笑起來。「差不多了，我們去第三個地點。」

「第三個地點？」我訝異著。

他拿出地圖，標出前兩個位置，然後在市郊標出第三個。「我在這裡追丟吸血鬼。」他說著將三個點相連，可以明顯地看出這三個地點一個比一個接近我家。他接著圈出一個三公里左右的圓，並將路線連起來，構造出一個我從未注意過的規律。

「以此為推斷，第三個位置就在這附近。」

「你這樣推論的依據是什麼？」我問。

「直覺。現在，就看誰先找到她了。」

等伯雷德羅德的身影消失後，我打了一通電話給大樓管理員，詢問是否有我的包裹。對方回答說中午剛送到一個。我接著問到地址，果然就在伯雷德羅德畫的圓圈中。既然包裹已經寄出，那麼不可能再有線索。

我盯著地圖研究了幾分鐘，依照伯雷德羅德發現的規律，圈畫出第四個地點的可能範圍，直接去了那裡。

一路上，伯雷德羅德的話就如遠方教堂的喪鐘般縹緲地迴盪，人類和吸血鬼只會互相傷害。

我才不相信。

進入那個範圍的街道，空氣裡有股異質的魔力，像是隱隱約約的線。我開啟窗，讓魔力隨著熱浪湧進車。

稍一猶豫，線就淡了，似乎線另一端的東西正在遠離。我當即踩下油門跟了過去。

線指引我停在一座普通的辦公樓前，剛想上樓，便見一個人拿著包裹從樓內走下來，從包裹散發出的魔力來看，那便是第四件包裹。

我沒有驚動他，開車緩緩地跟著。過了幾條街，他在車站隨手將包裹扔在路邊，擦擦汗若無其事地乘公車離開。

我愣了愣，下車走到包裹旁觀察起來。與之前三個不同，包裹正面沒有貼地址，而是附有一段我看不懂的咒文。我不敢輕易觸碰它，正思考，突然有個人在我眼前抱起包裹，上了公車。

我稍微有些明白是怎麼回事了。寄件人在這個包裹上附加魔法，給路人以暗示，讓他們順路不知不覺地替寄件人搬運包裹。直送到最後一戶人家，再讓他們抹去咒文，用一般的快遞寄給我，以混淆視線。這樣一來極難追蹤。

並非專業魔法使得我無法回溯魔法的使用痕跡，只能暫且跟著包裹，走一步算一步。半小時後，包裹離開了我原先劃定的區域，反而越來越遠離我家。

我緊緊地盯住它的動向，不敢有半點鬆懈，稍一眨眼就會迷失。漸漸地我覺得這包裹儼然有著生命，要把我帶往什麼地方去。

穿過幾乎半個城市，包裹終於在一幢大樓的門口前停下，然後被進出大樓的人帶至某一樓層，便再也沒有動過。看樣子，最終地址便是這一層樓中的某一戶人家。這一層總共五個住戶，敲過門似乎都沒有人在。

我不明白寄件人為何不按照原定的規律寄包裹，而是送到這裡，正準備撬鎖逐戶搜尋。一轉身，伯雷德羅德扛著巨劍，站在包裹旁，輕蔑地盯著我。

「你啊，別把我當傻瓜。看你的車行駛方向不對，我就知道你在搗鬼。你太鬆懈了，追蹤獵物時完全沒注意自己也在被追蹤，這可不是合格的獵人。」他拿起包裹，「老實點說，這是怎麼回事？」

我太專注於包裹了，居然沒想到他偷偷跟蹤著我！

我心跳加速，暗暗平穩呼吸：「我不知道這是什麼東西。」

「哦？」他把包裹舉在眼前打量，粗魯地搖著，就像一個未開化的野蠻人想確認一件貴重儀器的用途。「還加有魔法，這咒文是什麼意思？」

我的手不由自主地伸進衣服握住匕首。

「告訴我，這到底是怎麼回事，或是我親眼確認一下。」

伯雷德羅德將劍往地上一插，雙手捏住包裹兩端，微微一分，繃直了包裹的外層。

無論如何也不能讓他知道他手中的就是04214號的一部分，我想扯個謊矇混過去，心跳卻擾得連我的思路都跟著混亂了。眼看他要撕開包裹，我驟然抽出匕首，撲上前切向他手腕，他反手扔開包裹。

我視線不自覺地被引開，一疏神間脖子一緊，被他扼住。他甩手將我摔在牆上，我只覺脊椎彷彿斷了一般，一時動彈不得。

我全然想不出辦法，只能拖一刻是一刻，等待轉機。「好吧！」我掙扎著說，「事實上，這包裹是一個線索，和與04214號接觸的那個人有關。」

「那麼讓我看看裡面是什麼。」他轉身撿起包裹。

「不行！你一旦把包裹開啟，上面的魔法就失效了！」

他總算停下了手。我繼續說：「線索和裡面的東西無關，而是要看寄件地址，你把它放在哪裡，自然會有人將它帶到最終的寄件地址。就如你所猜測，前三個地址都是有規律的，然而這一個卻全然偏離了，我們要搞清楚哪裡出了問題。」

「地址……」他沉思起來，把注意力從包裹裡的東西轉移到寄件人地址。

「對，這地址非常重要。」

「這裡只有五戶人家，還需要什麼地址？」他隨手放下包裹，視線掃過五扇門，盯住其中之一。「這一間有問題。」

我撬開鎖與他一起進去，毫不關心狀地把包裹棄在門外。

「因為直覺，對吧！」我說。

虧他還有臉點頭。

整間屋子空蕩蕩的，從天花板到地板都刷成刺眼的鮮紅色，附著灰塵的牆壁看起來有些陳舊。最裡邊的房間正中放著一台黑色的電腦和一把椅子。

居然真讓他猜對了。

電腦上，一個聊天程式自動啟動，螢幕中刷出一行字：「歡迎光臨，我只準備了一把椅子，所以抱歉了。你們說話就可以了，我聽得見。」

「這間房間裡裝了五個監視器、十三個竊聽器，和足夠摧毀房間裡任何東西的炸彈。」對方說，「不過，別擔心，我不會輕易引爆炸彈的，如果你們不會輕易離開的話。」

「你是誰！想幹什麼！」我厲聲問。

伯雷德羅德則沉聲問：「吸血鬼在你那裡？」

「不要亂得和沒教養的老鼠一樣，一個個來。關於我的身分，既然你們已經被我引來這裡，我相信你們多多少少也瞭解一點。的確，是有這麼一個吸血鬼在我這兒。」

我的怒氣頓時沖上來，大吼：「她在哪裡！」

伯雷德羅德看了我一眼。

「別這麼生氣。我只有三個問題，花不了五分鐘回答，然後你們就可以平安離開了。」

「我要你把吸血鬼交出來！」

「不要急。語言的本意是表露自己的想法，而不是隱瞞。所以我喜歡誠實，絕不說謊。但我不認為別人會像我一樣，所以，假如我覺得你們撒謊了，就會立即引爆炸彈，明白嗎？」

我搞不懂他究竟想知道什麼，深深吸一口氣，用理智壓下怒氣，與伯雷德羅德交換了一下眼色，同時點頭。

「第一個問題，你們是什麼人？當然，我不是要你們在一分鐘裡花個三、四句話把你們那不滿一百字、不值一分錢的人生說一遍，只是問，你覺得自己以何種身分、為了什麼存在於這個世界上。」

他為什麼要問這個？

我以何種身分，為什麼存在於這個世界上？

我竟不知怎麼回答。

「我是吸血鬼獵人，為殺吸血鬼而生，為殺吸血鬼而死。」伯雷德羅德說。

我照著他回答：「我是吸血鬼管理員，我想保護吸血鬼。」

「獵人和管理員，保護吸血鬼和殺死吸血鬼的人，真有意思。那麼，第二個問題，信仰、尊嚴、親人……一切除了你生命之外的有形、無形的重要之物。為了活下去，你能捨棄它們嗎？」

「當然不能。假如放棄了那些，那麼生命還有什麼意義。」伯雷德羅德毫不猶豫地說。

「不能。」我簡短地撒謊。

我分明就曾經為了不使自己被怨靈逼瘋，不惜謀害我最愛的人、最信任我的人——04214號。

這傢伙到底想幹什麼？

對方不動聲色：「那麼，第三個問題，你憎恨這個世界、憎恨世界賦予你的命運嗎？」

命運？假如真有這東西，那為什麼我會生在吸血鬼獵人的家族！為什麼我非得殺死吸血鬼！為什麼我非得被亡靈逼瘋！誰能告訴我為什麼！

「神所做的一切自然有祂的安排。」伯雷德羅德說，「我為什麼要憎恨？」

我想回答「不憎恨」，然而半個字都吐不出。伯雷德羅德在注視著我，還有那個該死的不知名的傢伙透過監視器注視我。我拼命想說話，但就像是語言功能暫時失了靈。

沉默降臨，只剩下電腦微弱的「嗡嗡」聲。

門忽然被轟地撞開了。

「舉起手！不許動！」

我和伯雷德羅德立即轉過頭。正門口，「灰西裝」用槍指著我，露出詫異的神情：「是你們？」

為什麼「灰西裝」會在這裡？

「看來，我們不得不暫且告一段落。」對方說，「祝你們能活下來。」

「小心！」我撲向房間外。身後忽然有人一推，我加速飛出門，撞上正門口的「灰西裝」，一同摔倒在屋外過道上。

巨大的爆炸聲當即在身後響起，我僅來得及回頭看一眼，不知何時已披上鎧甲的伯雷德羅德被混著灰煙的火焰吞沒。

對方精準地控制了炸彈，使破壞範圍僅在一間房間內。這件事對外解釋成了煤氣洩漏導致的事故。

整理現場時沒有發現伯雷德羅德的屍體，房間朝外的牆壁上多一個大洞，想必他從那裡逃走了。第四個包裹已經不見了，我探過「灰西裝」的口風，發現他不知情。我隨之安心，只要包裹上的魔法繼續生效，這包裹總會送到我家。

我灰頭土臉地坐在樓道裡。「灰西裝」走過來說：「請把武器交出來，現在我們懷疑你和兇手有關係，不介意和我去分部談談吧！」

難道我曝露了？

我心虛地大聲辯解：「兇手？什麼意思？」

幾個人不動聲色地圍上來。對付他們，很簡單，但我不可能與組織為敵。

我深呼吸，緩緩攤開手掌舉過頭頂。

04

審問室裡有股經年沉澱的汗味和菸味，沒有窗沒有鐘，只有一盞白熾燈懸在頭頂上。光微微搖晃著，我和「灰西裝」坐在桌兩端對視。

「你為什麼會在那個房間裡？」「灰西裝」問。

「那裡有什麼問題？」我反問。

「先告訴我為什麼會出現在那裡，假如你心裡沒鬼，照實說也無妨。」

恰恰相反，我心裡有鬼。

「我不會傻乎乎地說出可能對自己不利的證詞，我只會和我的上司對話。」

「你這樣的態度未免太不配合了。我們是一夥的，痛快點回答大家都有好處。你究竟為什麼會出現在那裡？」

「既然是自己人，你稍微透點風也無妨吧！那裡到底有什麼問題？」

這麼幾輪下來，我算是瞭解了。他根本沒有證據能證明我和兇手有關係，而想必他也明白了，我絕對在隱瞞著什麼。

「你一個人好好想想吧！」「灰西裝」離開訊問室。

我長吐出一口氣，有些氣悶。

「灰西裝」會懷疑我，僅僅因為我出現在那裡。他想找兇手，就像對付一般的連環殺手，他首先應該找出被害人間的關聯性。

身為幕後主謀的我自然知道被害人間有什麼關係，他們血液裡都含有04214號的唾液。

我預先把抽取出的唾液交給一個人，然後那個人在網路上物色合適的人選，誘騙他服用唾液。那個人根本不知道我是誰，若是調查，組織最多查到那人線索就斷了。

要查那人，只能透過網路，當初我告訴他一個能夠在網路上偽裝蹤跡的魔法，照理來說用一般的物理方法不可能查到他的真實位址。

只有專業的魔法師能查到，就連我也不行。我料「灰西裝」一時也沒有辦法找來專業的魔法師。

所以，「灰西裝」是被那個人用魔法誤導，卻正好撞上了我。

當初被我選中的人，他不知道我的身分，想用陷阱消滅追兵，沒想到我卻提早找來了。那麼，04214號的肢體路過那個房間，只是個偶然嗎？

雖說幸運的咒語總會給人帶來一些意外之喜，可是我一點也不覺得高興，只有意外。總覺得在什麼地方，發生著我不知情但對我很不利的事。

第二天清晨，「灰西裝」重新出現。他睡了一覺，精神好了許多。我可是一整夜沒睡。

「考慮得怎麼樣了？」

「我在搜尋04214號的時候，感覺到奇怪的魔法波動，然後尋找到那個地址。」我已經準備好措辭，一五一十地把與那個人的對話說了一遍。「那個地方，到底有什麼問題？」

「魔法……」他有些心煩地低聲自語，不信任地打量著我，眼珠轉了轉，「你懂魔法？」

「略知一二。」

「這個地址，是我們某個網站站長的真實地址，我們懷疑他在網路上物色目標。但現在看來顯然是個假地址，我們怎麼也查不出那個傢伙的真實身分，能查到的一切都是假的。」

如我所料。

我點點頭。「想必是對方使用了某種魔法偽裝自己的痕跡。你確定這個網站和兇手有關？」

「五個受害人裡，有四個與那網站有關係。」

「五個！」我霍然站起，砰地一拍桌。「有五個人死了？這怎麼可能！」

「灰西裝」一揚眉毛，神色警惕，一字一頓地說：「為什麼不可能？」

因為兇手是我派的，我只讓他殺了兩個。

我當然不能這麼說。

「那個，因為……現在才過去四天，一天一個的話，也只不過殺四個人。」

「第一、三、四天，每天一個死者，第二天兩個死者。」灰西裝說，「第二天的頭一個死者當場被發現，那之後的案情我沒有告訴你，那晚的第二個死者直到第三天中午才被發現。」

我仔細思索那一天的事，一股寒氣從脊椎直竄上腦袋。伯雷德羅德明明認識我父親，照面時就應該認出他，怎麼可能還會和他戰鬥。

也就是說，伯雷德羅德在那時遇見了其他人，另一個兇手、另一個吸血鬼。這個吸血鬼假藉我的計畫在殺人！用同樣的手法肢解他們！還有04214號，只能是他殺的！

我死死盯住「灰西裝」，捏緊拳頭，手微微顫抖：「你為什麼不早告訴我！」

若我早知道有另一個兇手，說不定能找出兇手，救回04214號。

「因為我不相信你，不打算讓你參與案子的調查。」「灰西裝」前傾身體，盯住我，「就算現在，我還是覺得你很可疑，你這麼激動幹嘛？」

「我要加入調查，要抓出那個兇手！」

「你之前好像還很不熱心。」

「早點告訴我，說不定就不會有這麼多人死了！」我只能藉大喊來發洩，「現在馬上把案件資料給我，只有我能找到他！只有我！明白嗎？只有我！」

「只有你？」他意味深長地上下打量我片刻，「好啊，你等著。」

我拍了拍自己的臉，深呼吸，打起十二分精神。

他仍在懷疑我，只不過他別無選擇。我不能露出一絲一毫瞭解內情的樣子。

期間我打電話問了一下大樓管理員，陸陸續續，連同本來的，總共有六個包裹寄來了。

我問明每一個包裹的寄件地址，讓「灰西裝」調查。

包裹上附著的魔法，總像在指引著什麼。雖說附加了幸運的魔法，但我真不知道是福是禍。

「這些是什麼地方？」

「用魔法占卜出來的，可能有線索的地方。」

對於普通人，就是這一點好辦，有什麼難以解釋的事，只要推說是魔法就可以了。

「你……真懂魔法？」他雖然不信，但也只能接受了。

「灰西裝」走後，我重新整理思緒。

現在，唯一的可能，就是我五年前選中的人出了什麼問題。

雖然他一直不知道我是誰，但我當年綁架了他、威逼他替我做事，從沒指望過他會感激我。他會想向我復仇，也在情理之中。

本來我是萬無一失的，他找不到我，沒想到卻找到了另一個吸血鬼。被吸血鬼咬過的人，在很長一段時間內，見到那個吸血鬼都會俯首聽命。就算白天的時候逃得遠遠的，也會被吸血鬼找到。

過去的人認為這是吸血鬼的魔力，直到近代科學和魔學的發展，才從吸血鬼的唾液中，檢測出一種俗稱吸血鬼毒的魔化病毒。它也叫做吸血鬼的標記。

對於這種只存在於吸血鬼體內的，半物理半魔法性質的病毒，其性質至今還存在有許多難解之處。

甚至有學者認為這正是吸血鬼的病因，只要能生產出特效藥，吸血鬼就是一種可以被治癒的疾病。由於許多締約組織強烈抗議這種歧視吸血鬼種族的說法，在一〇九六公約中，禁止了對吸血鬼毒的進一步研究。

通常，吸血鬼咬傷人之後，唾沫中的吸血鬼毒進入人體，刺激免疫系統，引發類似吸血熱的症狀。使人精神惚恍，感覺遲鈍，伴隨有飄飄欲仙的快感，難以抵抗吸血鬼的攻擊。

只要有過一次體驗，就會成癮。

同時，那個人的體內，會散發出獨有的吸血鬼氣味，指引吸血鬼找到他。每個吸血鬼體內的毒都各有不同，吸血鬼只會對獨屬於自己的中毒者有反應，甚至會下意識地無視被其他同類咬過的人類。

含有這種吸血鬼的唾液經過某種提純之後，可以成為上好的毒品。被我用來給一般人做標記，指引我血中的亡靈殺死一般人。

我的先祖是對吸血鬼氣味太敏感，才能做得到。除去我的先祖，這個兇手基本上就是吸血鬼毒的源體。

我用來提純的唾液，來自吸血鬼04214號的複製品。

絕對不可能是她。

所以只剩一種情況，兇手本身從別的途徑，知道了哪些人被標記了。

只可能是我選中的人告訴了兇手。

第二夜的第一次凶案、第三、四夜的凶案現場，都找了兇手的DNA殘留物，與04214號有八成的相似。我可以確認這三件並非是我父親幹的。

據「灰西裝」稱，在第三夜凶案現場的陰暗角落中還找到了半片銀指甲，但一拿到陽光下就化成粉末，僅留下照片。

似乎有點像是04214號的指甲。

她一定是被兇手襲擊了，被肢解了。更糟的是，這個人一定已經查到了我的身分。否則，怎麼會把04214號的屍體送到我的房間裡。

一想到我的房間裡已經有六塊她的屍體，我心中便會充滿苦澀。儼然我家已成了她的墳墓。

已經有六塊。如果是模仿第一次案件，那麼，應該還有最後一顆腦袋吧！

五個受害人中只有四個是網站的使用者，頭一個死去的女孩卻不是。至少我可以確信，她是我父親下的手。

當時的情況，我一直都沒問過父親。我並不感興趣。現在不一樣了，我召喚出了他，詢問。

上次差點被他殺掉之後，我就命令他說出使他沉睡的咒語。現在，他威脅不到我了。

「哦，對了。」他若無其事，「當時，那個女人身邊好像還有個男人，我當著他的面吸乾了女人的血，然後，就咬著屍體走了。」

「難道他看見你了？」

「笨蛋，這種問題，你還用問？」父親不屑一顧地笑了，「他又不是瞎子。」

此時「灰西裝」打來電話。

「你給的地址附近，找到了一個人。看樣子，他在第一個案子裡，被吸血鬼襲擊過，但還是活的。」

「還是活的。」我重複一遍，恍惚覺得自己在談論剛撈出來打算清蒸的魚，「那可不錯。」

3.

獵物追蹤

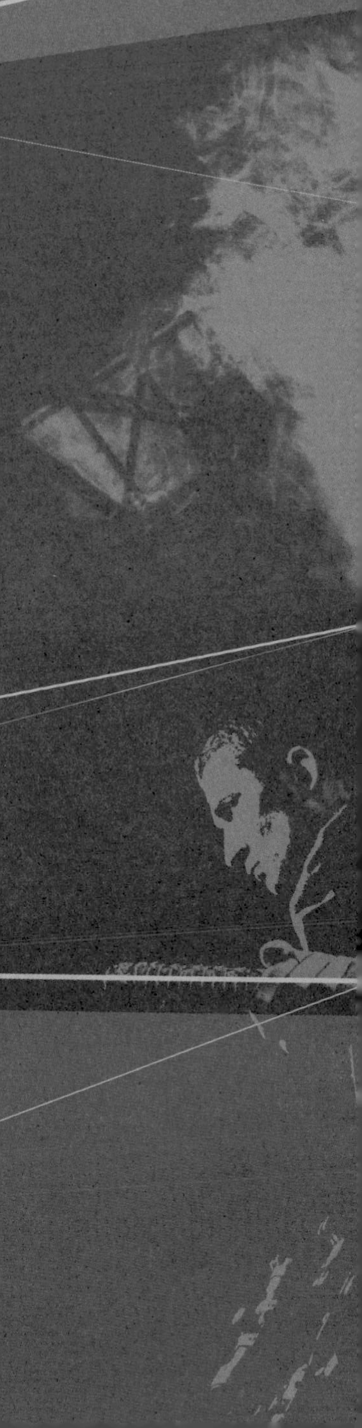

01

據說，玻璃是會流動的。一扇窗放上一千年，下半部分就會比上半部分厚一些。

如果有誰想要證實這個傳言，那麼他必須活得很久很久，而且很有耐心。

就像某個吸血鬼那樣。

吸血鬼隱藏在一間教堂的穹頂裡，那裡尖聳的彩窗頂端有一塊黑色的玻璃，遮住了光。

他把手放在玻璃投成的陰影裡，不會被陽光灼傷。

他是這樣想的。如果有一天，他把手伸到那片陰影裡，感覺到了刺痛。就說明玻璃會流動，頂端會一點點變薄，讓黑色漸漸淡了。

他蹲在穹頂的陰影裡，盯著黑色的那一塊。在那一塊黑色玻璃的下面，整個彩窗的圖案是一個天使。

久了，他分不清自己是在注視著黑色的玻璃，還是注視著美麗的天使。

最初的一百年裡，他的手在陰影裡毫無反應。

然後一百年過去了，似乎有些發癢。

又是一百年過去了，依稀有幾星白煙。

不知道多少個一百年過去了，他確信自己很快就能見到結果了。

然而，戰爭突然爆發了。夜空中轟鳴著雷一般的聲音，巨大的火焰降下地面，照得一切亮如白晝。吸血鬼以為最終的審判降臨了，以為正邪的大戰開始了。

他跑到教堂外，天空中飛翔著鐵鳥，鋼製的野獸在地面上咆哮。他不明白這個世間發生了什麼事。

這時，一聲巨響，教堂被炸毀了。

他從一片廢墟中，撿起他幾百年前注視的玻璃碎片，又捧起天使的碎片，茫然若失。

區區幾百年而已，他可以從頭再來。

只是，如果貌似不可撼動的教堂都會被人摧毀，這世上還有什麼永恆不滅？

哪個地方還有可以讓他注視下一個千年的窗，哪扇窗上有一個黑色的尖端，哪個尖端下面還可以再見到那個天使？

吸血鬼逢人就問這個問題，答不出來的人就會被他殺掉。

最後，他遇到了我祖父，祖父那時的身分是隨軍牧師。他離開了隱居的東方，回到這裡參加這場襲捲世界的戰爭。

祖父微一沉吟回答吸血鬼，其實他想問的不是窗，不是尖端，也不是天使。他真正想問的是，哪裡還能夠讓他再度經歷曾經經歷的一個千年。

答案，當然是不可能的，沒有一個千年可以重新來過。

所以，沒有一個地方的一扇窗上的一個黑色的尖端下有一幅天使，沒有一個可以讓他注視的千年。

「原來如此，我可以死心了。」吸血鬼說。

「你的心，早就死了。」祖父回答。

說完，祖父一劍刺穿了吸血鬼的心臟。

這是我某一天在犯病時，偶然沉落到我祖父亡靈的記憶中，看到的經歷。

毀壞的教堂和斷垣殘壁的街道，遠方有槍聲及坦克車轟鳴，讓祖父心中隱隱預感到了巨大的變革將要到來。他需要一件新的武器，可以對抗槍炮，可以對抗戰車，可以在新的時代中戰鬥的武器。

祖父棄下了劍，空著手，走向漸漸升起的朝陽。

吸血鬼化成灰被風吹散，只有釘穿他心臟的十字巨劍仍豎著。以及一塊黑色的玻璃片，壓著一小撮蒼白的灰。

吸血鬼種族的衰落，至今還有各種的爭議。最主流的說法有兩種：一是這些過於長命的生物，既沒有活下去的動力，也沒有繁衍族群的渴望。二是人類過於強大，侵佔了其他生物的生存空間，不管是因為熱帶雨林還是吸血鬼。

未來，他們的子孫將會用鑽地彈炸飛吸血鬼的地下巢穴，將會用射速每秒上萬發的金屬風暴撕得吸血鬼體無完膚，將會用微波武器一瞬間將吸血鬼燒成灰燼。

不光如此，全體人類都將會為獵殺吸血鬼做出貢獻。

未來，人類會拼命擴大臭氧層的空洞，讓陽光比千年前更加致命地照射地面。人類會用徹夜不息的燈光污染夜空，紊亂了吸血鬼體內的感光細胞，在月亮高掛時仍昏昏欲睡。人類會讓汽車的鳴叫填滿空氣，會讓電波輻射無處不在，猶如炸彈般反覆轟擊著吸血鬼敏感的神經。

或許的確就如傳說中所說，這就是一場全面的戰爭，整個人類的世界都在與吸血鬼為敵。

我祖父的那個年代，不管是獵人，還是吸血鬼，都想不到再過區區幾十年，他們就將迎來一個千年未見的世界。

我想，吸血鬼之所漸漸滅亡，或許是因為時間的流速變快了。吸血鬼和人類對時間的感受是不一樣的。古代，人類的時間過了一百年，吸血鬼只會覺得過了十年。

而現代，這一百年，把一千年的世事都變遷了。太快了，他們無法適應，就像從馬車的速度突然加速到火箭的速度，一下子被甩落了。

吸血鬼獵人，也一起被甩落了。

02

監視螢幕上，乳白色的房間裡燈光大亮，內有簡單的一張床、一張桌子和兩把椅子。一個黑乎乎的人影一動也不動地縮在牆角，旁邊放著半杯水。

他二十左右模樣，指甲裡嵌滿黑泥，手指緊緊抓住一塊髒兮兮的破布裹住自己。目光呆滯，眼珠定定地看住某一方向，久久才彷彿想抖落眼睛裡的倒影般忽地一轉。

「你確定這就是我們要找的人？」我問。

「沒錯。」「灰西裝」看著癌症末期病人似的。「你給我的地址就在他家隔壁，找到他時已經是這樣，電腦裡果然收藏著那個網址。第一個死者，似乎是他的女朋友。還有一個空的小噴霧瓶，裡面檢測出有吸血鬼毒的成分。」

看來他也做了不少功課，沒讓我解釋什麼是吸血鬼毒。

「那魔法果然有效。」我唯有感嘆。

「醫生說他驚嚇過度，天知道什麼時候能恢復。原本還想叫人幫他洗個澡的，他卻死命抓著一塊破布不肯鬆手。一提到血這個字，就尖叫個不停。他肯定見到過吸血鬼，如果能讓他做個畫像的話，就能找出兇手了。」

「我想問一下，真的能夠僅僅依靠描述，就畫得和兇手一模一樣？」

「當然不可能，但八九不離十。」

那就糟了。

「讓我一個人試試說服他。」我說。

我獨自走進房間，他把頭埋著，沒看見我的樣子。

我把第一個死者的生前照片塞到他面前。他一把捏緊，冷滯的眼神融化，湧出一絲淚光。

我與他並排坐下。他只顧直直地盯著女孩的照片。

「那天晚上，是個悶熱的夏夜，你和她吵了一架。」我緩緩說，「你和她總是吵架，她嫌你沒用。有時，你一生起氣來就會打她。可是，你心裡是喜歡她的。」

根據目前已有的資料，我開始編故事。

這個男人沒白長著一張打女人的無能臉，果不其然地點點頭。

「對，我……其實很愛她……」

「你的確是喜歡她的，否則，怎麼會把藥給了她。那是你從網上弄來的，很稀有的藥。」

「對，我愛她，才把藥全給了她。」

這個人的經歷，大概和我五年前計畫的一樣。他在網上結識我安排的人，得到具有毒品效用的吸血鬼毒提純劑。不過，他沒有自己使用，而是為了讓那個女孩不離開他，用毒品來留住她。

「但是，你不知道，這個所謂的藥，其實會引來吸血鬼。你只能眼睜睜地看著她在你面前，被吸成乾屍。是你害死了她。」

「不，不是我，和我沒關係！」

他大叫著，身體一震，抱緊了腦袋。

「知道嗎？」我用陰森的聲音說，「原本，吸血鬼看中的是你，他不會放過你的，會再來找你的。」

「不！不要！」他逃到房間的角落裡。

「不要怕，你還記不記得，吸血鬼長什麼樣子？」我舉起一張照片，「看著我，你還有沒有印象？」

我舉著的是，死者被吸乾血後，木乃伊似的頭部特寫。

他顫抖地抬起頭，看著我，瞳孔猛然擴大。

「你終於記起來了吧！」我笑著露出森白的牙齒。

那人慘叫一聲，捂著心口，嚇死了。

「灰西裝」直到此時才衝進門，已經遲了。

「你幹了什麼啊！」

「我只是給他看看死者，試試看再給他一次刺激，會不會變得正常。」我一臉無辜。

再怎麼討厭，我畢竟還是得承認，自己長得很像父親。在那個人看來，絕對會以為我就是那一晚的吸血鬼。

「灰西裝」指著我的臉。

「滾！」

一個小小的麻煩，就這樣解決了。

接著是另一個麻煩，稍微棘手些。那個我選中的人必須死，殺死04214號的兇手，更別想活著。

我試著去找那個選中的人，如我所料，他早就搬走了。我不能深究，以免曝露我。要找到他，只有在網上了。

「灰西裝」的辦公室和一般公司中層辦公室沒有什麼不同，空調吹出冷漠的冷氣，充滿五、六坪大的房間。統一訂購的白色辦公桌椅，牆邊一排灰綠色的玻璃櫃，塞著各式各樣的檔案。

辦公桌上井井有條，菸灰缸清理得很乾淨，擺放著一個相框，是他一家三口的照片。注意到我的視線停在他家人的照片上，「灰西裝」有些不自在地用手指輕輕點著桌子：

「準備開始了嗎？」

我開啟畫圖程式。用手寫板以連筆的字母書寫主要咒語，並拼成一個正方形，用另一句咒語構成正方形的內接圓。在正方形的四個角裡分別繪上象徵森林、山溪、風、草地的符號，祈求這四種精靈的庇佑。設定為壁紙，把瀏覽器視窗拖動到正方形的咒語內，用麥克風把咒語輸入電腦。

唸完最後一個詞，黑色的文字微微泛起青色，螢幕正中的圓開始轉動，並一個字母一個字母地緩緩分解，就像燃燒的香，將在三個小時後徹底消失。這段時間裡，這台電腦無法被魔法以外的方法探查到。

這是一個古老的魔法，獵人藉此隱匿自己的行蹤。我也教過我所選中的人，讓他的網站能夠逃避偵察。此刻，我進入他的網站，追尋他所提到的吸血鬼的真相。

網站的名字是「午夜25點61分的古堡」。

輸進網址，壁紙驟然變成深紅，證明網頁裡的確包含了誤導性的魔法。我用一個受害者的身分登入。裡面一片空白，像一片空蕩蕩的沙地。

一個簡單的數字遊戲，25點61分，即凌晨2點01分。

在那時登入，頁面會完全不同。背景是淡紫色的夜空，孤落的山崖，歌德式古堡的尖塔聳刺血紅的圓月，一群蝙蝠淡淡墨跡般抹在遠端的地平線上。頁面上全用紅色的字寫著：

「世界這個狹小污穢的搖籃，我們都是沉睡其中的嬰兒。

坐在一旁究竟是誰，靜靜搖著我們的搖籃、我們的世界。

又是誰，選中我們，把我們輕輕抱往遠方。」

死者的信箱裡只有一則消息：「歡迎你，被選中的人。」時間是一個月前。

這個論壇只有一個討論區，四十一篇文章，七人線上。

〈人類是這個世界最低級的動物〉、〈同意把道德低劣的人殺掉的進來〉、〈這世界從不存在什麼上帝〉、〈該怎麼處理屍體〉、〈密黨六誡〉……

沒有一個文章讓我有想看的念頭，純粹浪費時間。我放開滑鼠，靠向椅背，端視螢幕。

「灰西裝」站在一旁，叼著菸看著我及螢幕。

我只等了一分鐘，站長的短信就發來了。

「人生著實乏味，牆上的綠霉斑也比它生機勃勃。希望你今天能夠帶來些有趣的話題。」

「你以前和他聊過？」我問「灰西裝」。

「這傢伙難纏得很，根本不露半點口風。」

我對他說：「你替你的吸血鬼主人在網路上物色獵物，在獵物身上打上標記，讓你的主人去吸血。你本人不在現場，沒有目擊證人，無法從網路或是別的途徑追蹤你。這樣你以為就安全了？我們這裡有對付吸血鬼的專家在。」

「你怎麼知道他不是吸血鬼？」「灰西裝」忽然問，「做這種事一個吸血鬼就足夠了。」

「奇怪。你這算什麼問題？」我快速地思考了一下，轉頭對他說：「上次在那個房間，他不是說過，有一個吸血鬼在他那兒，我提到過的。」

「哦，對，我差點忘記了。」他抓抓頭，「你繼續。」

他是真忘記了，還是故意試探我？

「看到你這話，我只能把對你智慧的評價降低三個等級，靈長類中最低等！給我聽好了！不要把我和吸血鬼相提並論，我才是他的主人。吸血鬼只不過是我養的狗罷了，替我殺掉我看不順眼的蠢貨。」

「你只是自我感覺良好而已。只要哪天他心情不好，隨時會拿你來填肚子。你的唯一選擇就是自首，接受我們的保護。」

他嘴裡的吸血鬼究竟是誰？

「看語氣，你不是前兩天的那人。很好。我和以前那個人無異於互斥的磁極，談再久也不會讓我們接近一毫米。那麼你呢？你又如何？讓我看看你值不值得我浪費幾分鐘時間。」

我手停在鍵盤上，看向「灰西裝」：「你說我說什麼好？」

他攤手示意我自行決定。

如果我沒有估計錯的話，對方目的只有一個，那就是找出我。

當然我綁架了他，利用他犯案，我猜他基本上非常恨我。但他不知道我是誰。當年我完全沒有露過行蹤。

「證明給我看，你的確是吸血鬼的主人。」我說。

「真是愚蠢，有什麼意義？」

「目前吸血鬼的食量極限是一天兩個人，只要殺人數超過這個數字，就能證明他是你的殺手，而並非為了食物殺人。不然，你就只是個依賴別人的廢物，自己什麼都幹不了。」

我相信他會明白我的意思。

「妙極！妙極！你果然和我默契絕妙，真是相見恨晚。敢對我用如此明顯的激將法，世上只你一人，獨一無二。好，你的挑戰我接下了！看清楚線上人數了嗎？他們在我眼裡僅是些數字，在你眼裡是什麼？不管是什麼，因為你的一句話，只因為你的一句話，他們明天晚上將從這個世界徹底消失。記住這些因你而死的人。遊戲開始，不容反悔。」

「奉陪到底。」

然後，他就消失了。

「灰西裝」用力把菸頭摁進菸灰缸，盯住我：「你最好能解釋解釋你的想法。」

「他只會用一個辦法，把所有人聚在一起。吸血鬼到來時，才有可能把所有人殺掉。這就是我們抓到吸血鬼的機會。」

自然，這也是他找到幕後主使的良機。他肯定想找到當初綁架他的人，我毫不懷疑他會照我說的做。

他認為幕後主使沒理由不會發現所有被害人都聚在一起，一旦幕後主使發現事情脫離控制，會想要探個究竟。

他肯定早就想到過，但沒有把握能夠在那時抓到我。光憑他所謂的吸血鬼，恐怕還不夠。但我們的出現，等於給他又加了一層保險。

我所選中的人，肯定會明白，不會有比這更好的機會。

「想法很好，不過，你怎麼找到他們？」「灰西裝」說。

「吸血鬼毒能讓人散發出吸血鬼的氣味，這你是知道的。但那種氣味不光是唾液的源體吸血鬼能聞到，我也能搜尋到。」

話音未落，他伸手抓住我的衣領，把我扯到他面前，熬得通紅的眼睛野獸似地瞪著我：

「你能搜尋到？前幾天怎麼不告訴我！」

「你問過我嗎？」我淡淡地說，「人類散發出的氣味畢竟比不上真正的吸血鬼，要許多人聚在一起，我才能有所查覺。」

我可沒完全騙他，亡靈在我體內時，嗅覺可要差得多。

他不甘心地重重地捶了一下桌子。菸灰缸砰地震出些菸灰，相框啪地倒在桌面。他振手把我推開幾步，扶起家庭照片的相框，把什麼東西吞進肚子似地深深吸了一口氣。

「你怎麼保證明天你就能比吸血鬼先到？」

「我自有辦法。」

他用凌厲的目光注視我：「那在場的人該怎麼辦？」

「替他們祈禱吧！」

「你該慶幸你不是我的手下，不然早就被我斃了！在我改變主意之前，現在立刻給我滾回去！」

「不管你對我個人有什麼看法，這次的行動直接關係到破案的成敗，希望你能理解。」

「我當然會全力協助你，我這一方面絕不會出紕漏。」他冷冷地說，「我希望你也別出錯，不然的話，我可不能保證我的槍不會走火。」

03

吸血鬼全身都是寶。

能夠用以製造頂級毒品的吸血鬼唾液就不提了，不知有多少吸血鬼因此成為被卸去四肢的奴隸。

人們認為，吸血鬼的手用作詛咒的道具，可以在千里之外扼殺敵人的喉嚨。

人們認為，吸血鬼的頭髮與絞死過人的繩索編在一起，能夠給人帶來幸運。

人們認為，吸血鬼用以咬穿血管的那顆尖齒，可以增加魔法的威力。而效果最好的一種牙齒，飲過一千個人的血，會在月光下變得鮮紅。

人們認為，從活生生的吸血鬼腦袋裡挖出的頭骨，是召喚遠古惡魔的最佳媒介。

全是迷信。

總之，一切東西只要和吸血鬼扯上了關係，統統都身價百倍。而令這些商品得以進入市場的，當然只能是吸血鬼獵人。

吸血鬼獵人獵殺吸血鬼，從不僅僅為了復仇，他們也會牟利，也會欺騙。從中世紀起就是如此。

就拿中世紀的一個小村莊為例，村裡發生了些奇怪的事，通常是丟了牛，晚上有奇怪的聲音，灌木叢裡有奇怪的東西在動，發現了褻瀆神明的標記，一個膽小鬼走夜路時覺得有人跟著他。各種事情讓他們不安，於是到城裡去，請來一個人。

這個人可能會說是惡魔作祟，也可能說是女巫詛咒。這得視他對哪方面比較熟悉。如果他是個吸血鬼獵人，那麼此刻的村子裡正發生著一起典型的吸血鬼事件。

他會問這裡有沒有新死的人、無名的屍體，又或是有沒有罪犯、自殺者、異教徒、形跡可疑的人葬在這裡過。

這樣問了一遍，總會問到一個。然後他就會在白天挖出那個可憐鬼的屍體，用木劍釘住他的心臟，扔到陽光下用火燒掉。甚至會有旁觀的村民信誓旦旦地宣稱，看到了屍體掙扎著慘叫。這得看那個獵人有多擅長製造氣氛，以及旁觀者有多容易自我催眠。

最後，這個獵人拿著村民的報酬，在自己的履歷本上加了光榮的一筆。

像這樣的事件不勝枚舉。

不能說這樣的獵人完全是騙子，其中有些人的確也會深入到真正的吸血鬼巢穴，不過傻瓜的錢不賺白不賺。也有些完全不懂的外行，會真以為自己戰勝了一個吸血鬼。

這些吸血鬼獵人，無一例外地都會舉著正義的旗幟，半欺詐性地散布著和吸血鬼有關的迷信，以及偏見。

吸血鬼對人類造成的傷害，從來都沒有大過人類對自己同類的傷害。甚至，有時吸血鬼獵人會比吸血鬼更有害。

有這樣一個案例，十八世紀，一個校風嚴謹的女校，有一個學生突然變得精神委靡。少女之間，傳出了她被吸血鬼纏上的謠言。學生們日益不安和恐懼，背著校方，私自找來一個吸血鬼獵人。

調查結果，那個女生因為每天晚上偷偷和情人幽會，才會在白天無精打采。整個事件中沒有吸血鬼，沒有人死去，沒有人受傷。

只不過，有十幾個少女失去了貞操。

那個吸血鬼獵人的腦袋被套上絞索時，仍在大聲發誓，吸血鬼只吸處女鮮血的說法絕對不是他編出來的，他從沒想過故意欺騙恐嚇那些不諳世事的女學生。

直到我成為了管理員，才從組織的檔案中瞭解到這些事。
雖然我從來就不喜歡吸血鬼獵人，但看到時，依然感覺到了一股深深的幻滅。
吸血鬼獵人不應該存在於這個世界上。

04

行動的晚上，我第一次見到「灰西裝」的槍。
那是一人多長，附有提高準度、減少後座力的魔法，槍身上配著翅膀般的刀刃，我叫不出名號的反器材狙擊槍。這槍要對著身邊的我走火很難，但可以輕輕鬆鬆地把我的腦袋削掉。
他穿著都市迷彩服，老練地整理異型的長槍，神態輕鬆得彷彿「嚓」地劃起一根火柴點菸。

我的父親正在城市中搜尋被標記的人類。我命令他不要做多餘的事，一旦知道了方位，立即回到我的身體。

半個小時後，我得到他的回報，郊外的一座廢棄工廠。

「灰西裝」下令各單位集結，切斷那個地區的供電，實施無線電干擾，不讓那個人有機會遙控任何東西。

「出發。」

直升機呼嘯，穿過城市夜空，星羅棋布的燈火。

接近黑暗一片的市郊，一千三百二十九個亡靈吼叫，血液驟然逆流。那個不知名的吸血鬼，很快要現出真身了。

我深呼吸，將腦海中的雜念呼出體外，調整到身體的最佳狀態。

沒有路燈的光，地面上隱約一個黑點。他在公路上奔馳，巧妙地利用沿途的樹做掩護。

「趕到前面去！一定要趕在他前面救出那些人！」「灰西裝」厲喝。

直升機猛然加速，衝向目標。

我努力想看清吸血鬼的樣子，一個巨大的土塊飛入視線，呼嘯著向我們射來，土石層、水泥層、瀝青層及表面畫著的車道線歷歷分明。

公路被敵人切下了一塊。

直升機急停拉升，土塊從幾米處擦過，在空中劃出一道曲線，重重地砸回地面，掀起一陣塵土。兇手趁機拉近了距離。

「別減速！」

第二發土塊接踵而至。

「灰西裝」幾乎沒有瞄準動作就扣下扳機。彷彿炸彈在耳邊炸響，整個機身一震。土塊旋即在空中解體，碎片劈哩啪啦地灑下。

目標速度不減，立即轉為蛇型前進，切斷的樹及電線桿、各式大小的混凝土塊挾著碎石，被龍捲風捲起般飛射向天空。直升飛機全力迴避，眼前的世界不時地傾斜。

「灰西裝」咬緊半截菸頭，目光直直地盯住下方。槍聲接二連三地響起，子彈精準地擊落無可迴避的飛行物，盡可能不讓直升機的速度被拖延。

吸血鬼逼近，各種巨大的碎塊急風驟雨地襲來！

「灰西裝」不得不讓直升機提升高度。

眼看吸血鬼就要超越我們了，我最後檢查了一遍武器。

右手握住名為「魔彈獵手」的手槍，銀色的槍柄上，浮雕著地獄大門的圖景，地獄犬的銳齒隔著手套仍咬住了我的手心。

腰間綁著五把匕首，簡潔的鋼製鍍銀刀身，刻有象徵不同效力的咒語。

稍稍鬆開左手的手套，預備好隨時可以露出我隱藏的左手。

一切就緒，我躍出機艙，投向大地。

「掩護我！」

「灰西裝」似乎回答了我，但我只能聽見風的吼叫。

那一剎那，整個世界翻轉到了我的頭頂，地面上的一切掙脫了引力的束縛，迎面怒砸向我。

一棵樹猛然橫入視野，隨即被「灰西裝」一槍打斷，掠過身邊。

不得不說，有這麼一個戰友在背後，很可靠。不管小山般的土塊，還是箭般的電線桿，統統被他射落，偶爾放過一些較小的碎片，我用手槍也足以對付。

我一路無阻地墜向吸血鬼的頭頂。

無月的漆黑夜晚中，刺耳嘯叫驟然逼近，插入地面的黑色巨劍拖著一串火花切開我的視野，鼻端充斥著焦糊的瀝青味，黑色的巨大身影龐然壓迫我的目光，就像火車輾來。

我收起槍，甩出兩把匕首，迎頭斬下。

他也揮劍。

鏘！

一剎那，我的身體，微微浮空了。

火花閃耀間，映紅黑色的鎧甲和劍，暗金的咒文一閃即隱，我看清了對方的面目。

黑色的騎士、黑色的巨劍、黑色的幽靈馬，鎧甲與劍的式樣都和之前一模一樣，僅是顏色變化，儼然就是銀色騎士的影子，通身散發出無可救藥的吸血鬼味。

是伯雷德羅德！

劍柄上原本緊閉的眼睛圓睜著，黑色眼仁以看到滑稽小丑的眼神看著我。另一面的嘴咧出嘲笑。

「嘿嘿，歡迎搭乘死亡之旅的特等席，你已經到站了，去死吧！」

下一瞬，我被掀飛十米遠，重重摔在地上。

十根手指全部折斷，雙臂沒有一寸完好的骨頭。身體內部的粉碎性骨折，多得我都不想去數。肝臟及脾臟破裂，心臟似乎陷進了肺裡。表面的皮膚沒有半點傷痕，但若此時打開我的腹腔，絕對是外科醫生的噩夢。

所以我只能眼睜睜地看著，伯雷德羅德越過我，衝入廢棄的工廠。

殺了他！殺了他！殺了他！……

聞到吸血鬼氣味的亡靈們，變本加厲地在我體內狂飆，釋放出屍血的全部魔力，修復我支離破碎的內部。不出幾分鐘，這些足夠讓人死上一百次的重傷，就會完全恢復。

為了與吸血鬼為敵，我早就被改造成比吸血鬼還要古怪的怪物。我們家族所有的人都是。

在這幾分鐘裡，我什麼也做不了，專心思考伯雷德羅德出現在這裡的原因。

「你一定知道的吧！那把劍是怎麼回事。」我說。

「那是很有趣的武器。」父親的亡靈回答，「只要哪個吸血鬼被這把劍砍到過一次，讓這把劍沾到了吸血鬼的血。這身鎧甲和劍就可以吸血鬼化，擁有和這個吸血鬼同樣的體質。被這個吸血鬼標記的人類，這把劍也可以感覺到。」

用不著問他為什麼不告訴我，他的答案只會是我沒問過他。

「也就是說，五年前，他和你合作獵殺04214號時，他砍中了她。所以他其實一直都能夠發現那些我做了標記的人類？」

「我不記得他有沒有砍中過，或許有吧！不過，這五年裡，他從沒有吸血鬼化過，否則肯定會被我察覺。你可以放心，他應該不知道你的陰謀。」

我懂了。

伯雷德羅德能發現被標記的人，那麼就能偽裝成吸血鬼殺死他們。他當然不知道我父親會去犯下第二個案子，他自稱和什麼東西戰鬥過，實際上是他自演自導嫁禍給04214號。

他確信案子是04214號幹的，為了殺掉她，他什麼都可以做。在04214號失蹤後，他繼續不斷作案，既是嫁禍，也是逼她現身。

伯雷德羅德的所謂正義就是無謂地獵殺吸血鬼，做出這種事也毫不奇怪！染盡污穢，施遍正義。就是這個意思吧！

果然，笑死人了。

此外，再也沒有別的吸血鬼了，我選中的那個人只是在虛張聲勢。他只是想藉我們的手，殺掉那個可能會被引來的幕後主使。是我陰差陽錯地誤會了，可以不用理會。

現在，所有被標記的人都聚集在此，他一定以為是04214號幹的，殺了過來。

可以確定，伯雷德羅德沒有殺掉04214號。

不斷寄來的身體，只有一種可能……

轟隆！

整個工廠爆炸了。

起先是正門，旋即如同點燃油庫般連鎖爆炸，整個工廠陷入一片火海。巨大的氣浪吹得半空中的直升機一震，偏離原本的方向，連我這邊都能感覺到炙熱的氣流。

不愧是我選中的人，我本以為他最多只是在這裡弄兩個小陷阱。沒有想到連地雷和炸彈都用上了。

把我當成是什麼打不死的遠古惡魔不成！

火場，一個黑色的身影自火光中顯現，疾馳而來。他似乎無心戀戰，騎向市區。

天空中，響起了槍聲。

子彈倏地射中伯雷德羅德的胸口。他從馬背上飛起四、五米，向後墜落。

幽靈馬急折回頭，奔至伯雷德羅德下方，穩穩地接住他。他撣灰似地拍了拍胸口，黑暗的鎧甲上只微微凹陷。

「灰西裝」最多只能小小地阻礙他一下。

我的身體已經修補完成，一躍而起，攔住了伯雷德羅德的去路。

「為什麼我會在你身上偵測到吸血鬼反應？我依照公約的規定，要求你給予解釋！」

「讓開！」

「嘿嘿。」他的劍開口，「我這手下一向不擅長說話，讓我幫他解釋一下吧！簡單地說，他的意思就是，憑你這種劣等生物居然敢來管本大爺的閒事，馬上從本大爺眼前消失，有多遠滾多遠，不然本大爺就把你剁成肉餡拿去餵蛆！」

「閉嘴。」伯雷德羅德一拳砸在劍柄的眼睛上。劍哀鳴一聲，小聲抱怨著，不再開口。

「告訴我！為什麼你會變成吸血鬼！」我說。

那把劍又嚷起來：「嘿嘿！搞清楚了，本大爺才是真正的血食者！」

「我已經看穿你的陰謀了。至今為止的吸血鬼殺人事件，全部都是你幹的，並將一切嫁禍給吸血鬼04214號，為了你所謂的正義，為了獵殺吸血鬼！」

「你在說什麼蠢話啊！」他不屑。

「你不承認也沒有用。現在，我要以盜獵保護動物的罪名逮捕你，準備好接受公約的審判吧！」

「哈哈……」那把劍大笑，「本大爺活了幾百年，還頭一次聽到這麼可笑的笑話！你真是最優秀的小丑！本大爺和地獄馬戲團的團長很熟，要不要介紹你去？免費送你單程票！」

伯雷德羅德拍了拍劍，它戛然而止。

「請你立即解除武裝。」我說，「我不希望造成無意義的傷亡。」

他揚起劍指住我的臉：「我最後再說一次，讓開。」

我急著要去證實一下剛剛想到的推測，沒時間和他纏鬥。

就用一秒鐘，速戰速決吧！

我鬆開左手，匕首落地。甩開左手的手套，露出紋著繁密魔法陣的手掌，手掌近乎全黑。

「呀呀，小子，這種程度的魔法還不夠喔！」劍狂笑。

伯雷德羅德注視著我的手掌，警惕不語。

我瞬地欺進他的身側，甩鞭般繃直左手，揮掌。他的劍刃颯然裂開空氣，斬向我手臂。

老實說，雖然一直很看不起他，但實際上，我和吸血鬼獵人伯雷德羅德交手的話，輸的人十之八九會是我。

我的手掌慢了半拍，劍以斬斷鐵塊的氣勢斬中我的手，左手的袖子立即被劍氣捲爛，整隻手赤露在空氣中，劍至此被生生阻住，切不進皮膚半毫米。

但是，對上吸血鬼伯雷德羅德，我怎麼可能輸！

月光中，左手的皮膚呈屍灰色，從肩膀到指尖，一百三十五條咒文如大群畸形的黑蟲在皮膚上游動、纏據整隻手臂，彷彿能聽見爬動般窸窸窣窣的細微聲音。

這是家族始祖的皮膚，是我總戴著手套遮掩的原因。

從第一代開始，每一代將自己的皮膚取下，移植至下一代的皮膚。代代相傳，每一代都會多紋上幾條咒文，直至如今。從幾個單字的簡單驅魔咒，到等比例微縮的大型魔法陣，應有盡有，無一不是用以抵抗吸血鬼、削弱吸血鬼、消滅吸血鬼。

這個世上，永遠不會有能與我為敵的吸血鬼！

即使這樣，我離我的父親，還是差了一大截。

手毫髮無傷地擦過劍刃，擊中伯雷德羅德的胸口，黑色的鎧甲蛋殼般應手碎裂。伯雷德羅德反手揮出左拳。我右耳嗡地劇震，視野傾斜九十度，飛出幾米外。我側滾翻了幾圈，才算是穩住身體。

伯雷德羅德低頭愕然看著鎧甲上的洞，用手撫摸碎玻璃似的裂口。漆黑的鎧甲漸漸褪色成鮮紅，幾秒間從鮮紅轉回銀白。劍柄上的眼與嘴閉攏，劍變成一般的鐵色。鎧甲上彷彿有什麼東西隨之死去。

他身上的吸血鬼反應消失，我沸騰的血平靜下來。

幽靈馬向後稍退。遠處的子彈嗖地擊中他身邊的地面，做為警示。沒有吸血鬼的力量，鎧甲禁不起反器材狙擊槍的一槍。

「你被捕了，伯雷德羅德，放下武器。」

他扔掉劍，鎧甲淡化消失，幽靈馬沉入地面。他穿著便裝，手放在口袋裡，神情如剛被抓住的獅子。

頭頂上轟鳴起直升機的螺旋槳聲，「灰西裝」抱著槍，俯視我，露出不帶惡意的爽朗笑容。

「幹得漂亮。」

「彼此彼此。」

「灰西裝」的手下趕到，把伯雷德羅德押上車。我進了直升機，不想再看伯雷德羅德一眼。他卻在我背後大喊大叫：

「不愧是傳說中最強的吸血鬼獵人家系，獵殺吸血鬼才是你的使命！為什麼你就不明白！」

我最恨這句話。

我當然明白，我的血、我的皮、我的一切都是為了獵殺吸血鬼而存在的。本來不光是左手，還有右手、雙腳、軀幹，幸虧父親死了，不然我的心大概都會被他用石頭代替。

我為殺死吸血鬼而生，為殺死吸血鬼而死。

但是，只有我的家族是這樣，我別無選擇。

伯雷德羅德有別的選擇，其他的所有獵人都有。他們明明可以不用殺死吸血鬼，明明可以安穩太平地過日子，卻不知道珍惜來之不易的幸福，非要無謂地殺死吸血鬼。

這個世界上，我最痛恨吸血鬼獵人。

05

「送我回家。」我說。

直升機調轉方向，衝入夜幕。如我剛剛的推斷，離家五公里時，血中的亡靈重新甦醒了。

在我的家裡，有一個吸血鬼。

如果我沒猜錯，04214號把自己肢解，逃避伯雷德羅德的追蹤，寄到了我家來。

沒有別的兇手，沒有別的吸血鬼。

她還活得好好的，伯雷德羅德也被抓住了。一路上，我把所有的罪都推給了他頭上。對於我的說法，「灰西裝」有所保留地接受了，全神貫注地自狙擊鏡中瞄著什麼，似乎還沒從戰場回來。

處死伯雷德羅德之後，一切就全能回歸正軌。以後，我會好好保護04214號，不管亡靈再怎麼騷動，都不會再動搖我了。

「砰！」槍聲驟然炸響，灰西裝朝著我家開了一槍。

「你幹什麼！」我猛抓住他的手。

他的手與我相持了幾秒，才將手指自扳機上挪開，他憤憤地轉眼看著我。「你家裡有個吸血鬼，不是你攔住我，他早就被我打死！」

「我知道！」我大叫，「那是04214號，她現在就在我家裡。」

他疑惑地張望了一眼。

「不，不是那個女人。」他說，「剛剛那裡還有一個黑影。」

破碎的窗戶，風灌進來，一地狼籍。

「歡迎回家。」04214嫣然一笑，「還帶客人來了嗎？」

「嗯，我回來了。」我平靜地說。

「我等得好無聊啊！你這裡連本書都沒有，魔鬼都待不下去。」

她以那對酒紅色的眼睛注視著我，銀指甲的手指輕撫齊額前的長髮。她正套著一件我的黑色襯衫，抱著雪白赤裸的腿，黑貓般蜷坐在沙發上。頭髮濕濕地貼在額前，髮絲上的水滴落肩膀，滑入扣了三個釦子的領口。胸口部分，顯得有些緊。

我血液沸騰，不知如何形容複雜的心情。原來，亡靈在咆哮，竟會讓我如此欣慰。殺了她！殺了她！殺了她！……

血液當然是因為亡靈而沸騰，除此之外，還會有別的原因嗎？

「我還以為，看見我這樣子，你會更熱情一點呢！」她故意擺出難過的表情。

「大概，我一直相信妳不會死吧！」

在回來的路上，我以為我會更激動，會更喜悅，或許會喜極而泣，也許會緊緊相擁。卻想不出，此刻看見她向我展露笑容，油然而生一種理所當然的感覺。

就像我一千次地回家，她也這般等著我，並對我笑了一千次。

如果「灰西裝」不在這裡，那該多好。

他在我家到處搜了一遍，自然什麼也不會有。我也給他解釋過許多遍，如果真有吸血鬼在，我不可能不知道，一定是他看錯了。

「那個黑影一定是吸血鬼！我看見他咬著一個人！」他恨恨地說，「要是當時拍下來就好了。」

「你一定是今天晚上太累了。」我拍拍他的肩。

他觀察了04214號一陣，忽然說：「妳的指甲，似乎很眼熟。」

我這時才注意到，她雙手的銀指甲，都剪短了。

他從案件資料夾裡拿出一張照片，是第三次凶案現場發現的銀色指甲。「不覺得很像嗎？」

「能說明什麼？」我不屑地說。

「就如你所說，這幾天，她把自己切碎後寄給你。就算那些寄包裹的地址只是個魔法的作用，那麼，你怎麼解釋落在第三次凶案現場的指甲？假如是預先封好後分別寄出，就算指甲斷了，也該斷在包裹裡面！怎麼可能掉到外面？只能說明她接觸過兇手、弄斷指甲後，再進行包裝。」

「你憑什麼說這片指甲就是她的？」

「和我的指甲比比看，就能證明我的清白了。」

他一把抓起她的手，一根根手指地逐一與照片詳細對照一遍，喪氣地鬆開手，把照片扔在桌上。

「如果不是指甲已經化成灰，早就有辦法了。」他喃喃了幾遍，對她說，「我想要一片妳的指甲。」

「沒問題。」她隨手拔下小指的整片指甲，交給他。

「你想幹什麼？」我問。

「做個試驗罷了。」

他像是鑑定珠寶似在燈光下看著指甲，小心翼翼地把指甲封進小塑膠袋，這才死心離開。

亡靈咆哮。

殺死她，殺死她，殺了吸血鬼！

「你走後不久，伯雷德羅德來了。」她豎起食指，用銀色的指甲在脖子上一劃：「一劍，脖子連同項圈一起斷了下來。」

我的視線隨著手指在她頸上繞了一圈，皮膚凝白，全然看不出傷痕。

她確認是否接合好似地摸了摸脖子：「我用人偶做誘餌，勉強逃掉了。你也知道他是老練的獵人，用一般的方法逃不過他的眼睛。所以我就把自己肢解，然後寄給你。」

「妳可以留張紙條，可以打通電話給我。非得把自己切著一份份寄來不可嗎？雖然平安地活著回來是很好，但太冒險了。」

「明明我的住處是絕密，只有你和少數人知道，五年來從沒出過亂，現在卻被人夷成了平地。我只要找一具電話，按幾個數字就能找到你，但假如——僅僅是假如，來的卻是敵人該怎麼辦。我不怕被殺死，但是怕被出賣。那種時候，我真的相信你嗎？」

她稍稍咬住嘴唇，柔和地注視我，眼神像是風中靜靜發芽的弱嫩植物。

那時的我，的確不該被他信任，但是，現在我已經不同了。哪怕此刻他們在我腦海中十倍百倍地嘯叫，我也絕對不會再被亡靈動搖。

「希望妳下次一定要信任我。」

「我不想懷疑你，然而越是想要相信你，就越是不由自主地懷疑你。我討厭這樣優柔寡斷，於是我索性什麼也不說。任你扔了也好，上交也好，燒成灰也好，總之我把性命交到你手上。」

「謝謝，以後也一定要相信我。」

「真的很開心，我的選擇沒有錯。能不能告訴我，收到第一件東西時是什麼心情？我有點小小的好奇。」

我想回憶起當時的心情，但如往水中的倒影撈了一把，記憶的影像反而愈加模糊起來。

我那時很傷心嗎？

殺死她！殺死她！殺死她！……

「那時，我真的以為妳死了。現在我太開心了，完全記不起那時有多難過了。妳少切兩下，我就能早一點拼齊妳了。」

「為了安全嘛，切太大了不方便。除了頭部，我根本無法掌控其他部位，所以才需要用到帶幸運祝福的『必達』咒文，看來，在這加持下，給你帶來些好運，找到了破案的線索。」

我們的話題轉到了案件上。

「把所有的目標聚集在一起，逼兇手不得不現身。這個計策的確應該讚揚一下。但是……」聽完，她責備地看著我，「你太無謀了，簡直就像把自己綁在瘋了的瞎馬背上，直奔向懸崖，而且還要拖著無辜的受害者陪葬。」

「為了抓到伯雷德羅德，這也是沒辦法的事。」

「我真想不到，會是他。」她嘆息。

「為了嫁禍給妳，讓人以為妳觸犯了公約，為自己的盜獵找個理由，他什麼事都能做得出來。能夠感知到被標記的人類，只會是吸血鬼毒的提供者，也就是兇手。會出現在那裡的，只能是兇手。而伯雷德羅德出現在那裡，所以他就是兇手。」

當然，在地下室時，04214號就應該感覺到了標記。她一定很疑惑。那些體內含有她的吸血鬼毒的人類，會像黑暗的火炬一般鮮明地吸引著她。

既然她不提，我也就裝作不知道。

伯雷德羅德能夠吸血鬼化，就算他不承認，也沒人會相信不是他提供了吸血鬼毒。

更不會有人懷疑我是兇手。

「我只是覺得，在網路上物色獵物，繞這麼大圈子，為了讓自己合乎公約地殺掉我。不太像他的作風。他是個直來直去的人。」

「的確，他絕對不會開口為自己辯解。他向來把自己的正義掛在嘴邊，不在乎旁人的看法。因此總是和人正面衝突，若說他能想出這樣的陰謀，未免有點不可思議。」

「對，我也這麼懷疑。」

「但是，五年來他一直安分，從不和組織正面對抗，他也不是個傻瓜啊！」

「假如要誣陷我，他首先要能洗脫自己的嫌疑。他殺了我，任誰都會起疑。他不可能沒有考慮過這問題。他做為擁有正常分辨能力的人，發現所有被標記的人都聚在一起，就該知道有問題，何以還會傻乎乎地跑過來？」

因為他以為是04214號做的。

「正是因為有問題，他才更要來看看，發生了什麼事。」

「總算一切都結束了。」她終於點頭，伸了一個懶腰。視線緩緩掃過整個客廳，停在地板的圖案上。「我一直想問，這是什麼東西？」

整個房間的地板上繪著各種圖形——圓形、橢圓形、矩形、三角形、正多邊形、函數曲線……混在一起，乍看使人聯想起史前人類留下的壁畫。搬進這裡後，我花了好幾天畫這些圖形。

「裝飾罷了。」

我看著她不合身的襯衫，領口大得幾乎快滑下肩膀了。

「我會向上級申請配發項圈，最多一星期就能到。大概會把妳轉移到別的城市，那之前妳只能先住在我這裡，要替妳買些衣服。」

「我不介意，反正這裡也沒外人。」她瞇起眼睛，抿嘴笑著，「你知道該買多大的嗎？」

「妳以為妳平時的衣服是誰買的？我可是妳的管理員，從指紋到聲紋，從鞋碼到三圍，妳身上哪一寸地方我不清楚？」

「咦？我有點沒聽清楚，你剛剛是不是說了什麼很讓人在意的話？」

「妳聽錯了。」我替她拉好衣領，「天快亮了，睡覺吧！」

她一歪腦袋，蜷在沙發裡睡下了，緊閉著眼睛的臉，近在咫尺。我嘆了一口氣，把她抱進臥室，拉上了窗簾。準備離開時，衣角被她拉住了，她用水汪汪的眼睛注視著我，猶如水面泛起漣漪般淺淺一笑。

「不一起睡嗎？」

「我很累了，不要增加我的疲勞度了。」

雖然經過了一些波折，但最終一切還是如我所願了。伯雷德羅德被抓，面臨死刑。04214號絲毫無事，將會被轉移到別的城市。至於那個被我選中的人，隨便他去了，反正他也不知道我是誰。

我向上司報告好一切，睡進她坐過的沙發裡，上面有她的氣味，彷彿被她抱著入眠。

我的人生已經重新開始了。

什麼吸血鬼，什麼吸血鬼獵人，讓他們統統見鬼去吧！我什麼也不想管了。只要她在我身邊，只要我還保護她，這就足夠了。我沒有別的要求了。

現在，我不再謀劃著要殺她，不再對她有所隱瞞，可以光明正大地凝視她。

這種感覺原來這麼好。

在家族病把我變成瘋子之前，我珍惜與她的每一秒鐘。等到快瘋的時候，我就自殺，不會容許自己再傷害到她。

殺了她！殺了她！殺了她！……

有亡靈在，休想安眠。我只好狠狠給了自己一拳，把自己打昏過去。

4. 黑幕降臨

01

我第一次跟著父親進入吸血鬼的地下巢穴，是十歲。

「夜晚是吸血鬼最強的時間，所以也是精神上最鬆懈的時間。比起白天，一般的獵人在黑夜中，更有機會找到吸血鬼的破綻。」父親對我說，「不過對我們來說，選擇黑夜，只不過因為和強一點的吸血鬼戰鬥，比較好玩。」

「可惡的獵人！」那個戴著金冠的吸血鬼，全身傷痕累累，連站穩的力量都沒有了。

「還記得要怎麼殺死吸血鬼嗎？」父親問。

「砍頭沒有用，放血也沒有用，只有心臟才是他們的弱點。」

我的回答讓父親很滿意，他交給我一把匕首，拍拍我的腦袋。「去吧！」

金冠的吸血鬼難以置信地看著我走近，那張扭曲的臉有些可怕，我忍不住回頭看了看父親。

相較之下，父親不悅的表情更可怕。

「不要小看本王！」

金冠的吸血鬼一爪抓向我的臉。眼前一道白光閃過，被數道咒語防護住，我連頭髮都沒掉一根。我一刀，刺進了他的心臟。直到我擦乾淨刀上的血，吸血鬼還是不相信自己會死。

他叫什麼來著的？算了，記不清了。

「你動作太慢了。」

我不指望從父親那裡得到讚許，不被責罵已經謝天謝地。

隨後，我們在吸血鬼的巢穴裡，發現了十幾個女人。最小的和我差不多年紀，大的也不過二十多歲模樣，全是一般人。看見我們，一個個喜極而泣。

「統統殺掉。」父親拍拍我的腦袋。

她們全都愣住了。我也忍不住說：「為什麼？她們都是一般人。」

「在吸血鬼巢穴裡的活物，尤其是人類，全都要殺掉。」他一腳把我踢進女人堆裡，我抱緊匕首，不知所措。

「你不想殺人也不錯，那你這輩子也就不要當獵人了，在這地底下建個後宮多好啊！」

他譏諷地笑了，「我就當沒有過你這個兒子吧！」

我那時已經懂事多了，知道這個男人說要遺棄我，就不會有一眨眼的猶豫。

我不想被他遺棄，雖然他從不屑我，但他畢竟是我在這個世上唯一的親人了，也一度曾是我心目中唯一的英雄。

我從看起來最強壯的一個，開始動手。

「記住，一定要對準心臟。」他淡淡說。

那時，我還是個不滿十歲的孩子。

面對哀求的女人，我輕易刺透了她的心口。面對反抗的女人，我輕易刺透了她的心口。面對木然的女人，我輕易刺透了她的心口。面對尖叫的女人，我輕易刺透了她的心口。

所有人都被我一刀殺掉了，殺得我有些手軟。只剩下最後一個淚流滿面的小女孩。

「還沒好嗎？」父親不滿地說，「快點殺掉，你不想睡覺我還想呢。」

從小，我都是聽著先祖獵殺吸血鬼的英雄事蹟入睡。此刻，我忽然對自己的人生產生了強烈的懷疑。

我難道就是為了在這裡屠殺無辜的人而活著嗎？

趁我發呆之際，那個小女孩突然奪過我手中的刀，刺進我的肚子。

「不行啊，我說了這麼多遍。你沒聽到嗎？要對準心臟。」

父親拔出刀，薄薄的皮肉，噴出了黑色的血。

我捂住自己的傷口。我習慣了痛，習慣了受傷，只是覺得有些不可思議。我竟這麼隨便就被一個小女孩傷到了？

「你還不懂嗎？笨蛋。」父親敲著我的腦袋，「我們只有面對吸血鬼才是無敵的，隨便哪個人類，都可以殺掉我們。」

最後，我握起刀，對準昏迷的小女孩。

「記住，最重要的，就是心臟。」

父親的話，宛如魔咒。

女孩的臉，幻化成了04214號。

我悚然醒來，只是個夢。

不光是個夢，04214號的臉就在我面前。

我手握著匕首，站在她床邊，瞄準她的心臟，在刺下去的前一刻，醒了過來。

父親惋惜不已：「你再晚醒一會兒，就好了。我真沒料到，你居然會夢遊。你以前可沒這毛病。」

亡靈們狂歡嚎叫。

殺了她！殺了她！殺了她！……

是我在夢中無法控制自己行動的原因。

床上的她忽然動了。扭動著腦袋，黑色的毛髮散亂地拍打床單，有種狂亂激烈的氣氛，卻毫無聲響，像垂死掙扎的蛇。不時有低低的呻吟聲，彷彿膽小的動物，我側耳傾聽時一切無聲，以為錯覺卻又忽然從耳畔閃過。

我默默地注視著她。她像是感應到我的視線，身體猛然僵住，緩緩睜開眼睛，迷離不安地看著我，以及我手中的刀。

昏暗中她蒼白的臉隱約透著近乎陰影的淡紅，眼珠映出暗紅的光，彷彿地下的礦石。嘴唇呈黑紫色，尖銳的犬齒咬破嘴唇，黑色的血漬自嘴角淌下。

我知道她想吸血。她想咬開人的喉嚨，渴飲人的鮮血。這是吸血鬼的本能，無可厚非。但她大概不願意我看到吧！

我握緊匕首，俯下身輕輕舔去她嘴角的血跡。她的表情一下子放鬆了，疲憊地閉上眼睛。

醒來之後，她大概會以為這是一個怪異的夢，一個被古老的吸血衝動所支配的夢。

我悄悄掩門離開。

我也做了一個夢，血中的亡靈讓我做了一個殺死吸血鬼的夢，一個被古老的憎恨支配的夢。

只要亡靈們不能安息，只要我在她身邊一天，我就再也不會閉上眼睛。

夢只會是一個夢，絕不會在現實中重演。

02

晚上04214號醒來，眨動紅色的眼睛，戲弄地笑。

「我白天做了一個夢，夢到你趁我睡覺的時候偷襲我。你說，這是個美夢呢，還是噩夢呢？」

我回答：「白日夢。」

從昨天到現在，我已經幾個小時和她在一起了？我度時如年，必須立刻遠離她。否則，我絕對會發病昏迷。

「我要出門一趟。」

「幹什麼？」

藉口我早就想好了。「去買些日用品。」

「現在已經沒有太陽了，我也要去。」她滿眼渴望地看著我，「你敢把我一個人留在這裡，我就投訴你保護不周。」

我真該找別的藉口的。

上街後，第一件事，就是買一身衣服，替換掉她身上我的衣服。

我有些奇怪，為什麼她笑容滿面地挽著我的手，總拖著我在內衣櫃檯到處跑？

「哎，你看，這件黑色的是不是很漂亮？」

「沒錯。」我看著，仔細估算了一下，「不過，妳穿太大了。」

周圍奇怪的視線，盯得我不太好受。難道我身邊的這個吸血鬼就這麼顯眼？如果被一般人發現她是吸血鬼，該怎麼辦？

我一邊要對抗著血中亡靈，一邊要留心她別把尖銳的利齒亮出來。

我預計二十分鐘就能完成的採購，她卻花了四個小時。如果百貨公司不要關門，她能一直逛到天亮。

一定是因為吸血鬼的時間概念和人類完全不同。

我們在一家二十四小時營業的甜品店歇腳，她點了一個大大的巧克力聖代，一邊吃，一邊微笑看著我。

吸血鬼是沒有味覺的，吃人類的食物就像在吃無味的爛泥。我明明知道的，可是她的表情太過生動，忍不住讓我問：「好吃嗎？」

「嚐嚐嗎？」她挖了一勺，伸到我面前，「啊——」

我咬住了勺子。亡靈鬧了這麼久，我的舌頭早就沒有知覺，像一塊含在嘴裡的石頭。

「嗯，很好吃。」我說，「妳覺得呢？」

她收回勺子，輕輕舔著上面殘留的巧克力，懷念般地說：「很甜，很甜……」

我不知道她最後一次用人類的舌頭嚐到甜味，是多少年前的事了。此刻她穿著這季最流行的夏裝，和周圍的年輕女孩一樣吃著聖代，如果沒有亡靈在咆哮，我一定會以為她只是個一般的少女。

「很好吃的，你多吃些。」她餵給我一勺。

「妳喜歡吃，妳就多吃點。」我拿起旁邊的勺子，回給她一口。

「吃多了，我會發胖的。」她玩笑地說。

「妳光給我，我也吃不下啊！」

想想真是有趣，我們兩個誰都嚐不出聖代的味道，卻像是對方很愛吃似地推讓。只不過，我明知她沒有味覺，只是在作戲。但她一定真心希望，我能喜歡上這聖代的香甜滋味。

「我離開一下。」

我去了洗手間，狠狠地把胃裡的東西全吐了出來。亡靈已經鬧得我胃腸打結，別說吃冰淇淋，光喝水都想吐。

「你和吸血鬼平安相處了十三小時十七分鐘。」父親說，「我從小看著你長大，第一次讓我看到一點意外的東西了。」

「別來煩我。」

「你想把肝吐出來我都沒意見，但我勸你別讓吸血鬼一個人待太久。」

「她不會惹事的。」

「你真的這麼認為嗎？那我也無話可說，呵呵。」他笑得讓我很不舒服。

洗了一把臉，走向座位時，我看著有個男人在和04214號說話，動作很大地揮著手，大吼大叫的聲音連我這邊都隱約能聽見。

只是聽不見他在說什麼，只覺得像是野獸在喊叫。

一看見我來，04214號說了幾句話。那個男人身體一僵，頭也不回地跑了。我沒看到他的臉，只看他糾纏著她的背影，不知為何心裡不舒服。

「怎麼了？」我問。

「一個死纏爛打的人罷了。」她微笑，「不瞞你說，我可是很受歡迎的。」

「妳最後對他說了什麼，他就乖乖跑掉了。」

「我說，我的男朋友來了，會揍你一頓。」

我們正談笑時，「灰西裝」帶著十幾個人衝進店裡，趕跑了無關人員，拉下店門。十幾個槍口，對準了04214號

「看吧！我是很受歡迎的。」她毫不在乎地笑了。

「你們想幹什麼！」

我想拔槍，被「灰西裝」按住了。他扔出一張報告，上下兩塊一模一樣的圖表。

「還記得指甲嗎？我把它擺在陽光下，燒成灰後檢查成分，兩團灰的成分完全相同。這片指甲就是這吸血鬼的！它和凶案脫不了關係！」

「對於吸血鬼灰燼的研究仍然是領域中的盲點。目前沒有任何理論能夠支持你的觀點，就算它們成分一樣也說明不了任何問題！」

「這兩團灰燼中不光含有吸血鬼的成分，還有銀色指甲油的成分這也一樣。這居然還是為適應吸血鬼體質，特別訂製的高級貨！你每年報帳的清單裡都有！」

「怪不得我很喜歡。」04214號興致盎然地注意自己的指甲：「你真用心。」

我說：「就算如此，這也並非是決定性的證據。誰知道包裹在寄的過程中發生過什麼事。說不定魔法出了一點小小的意外，包裹被拆開過，然後又重新封好。」

「你說的話有什麼根據？」

「所以才說是意外啊！意外！」

「還有一個。」「灰西裝」又開啟另一個圖表，「我們對昨夜伯雷德羅德留下的襲擊痕跡做了檢查，在金屬擦痕中發現了吸血鬼的DNA，和04214號有八成的相似。綜合起來說，所謂的吸血鬼化就是變得和她一模一樣。伯雷德羅德可能是犯人，但她也一樣！」

雖然我希望沒人發現這件事，但發現了也沒關係，因為我有最決定性的證據。

「她頭兩次凶案根本沒有做案的機會，她一直都在地下室，被嚴格保護著！」

老實說，五年前我在計畫的時候就有所覺悟，如果整個案子哪裡出現了疑點，導致功虧一簣的話，只能出現在這裡。在地下時，她不可能和案子有任何關係。

只有伯雷德羅德才會誤會她是兇手。

因為她擅長製造人偶，有辦法遠端操縱人偶襲擊人類。

知道這件事的，只有我、我的父親和伯雷德羅德，連我的上司都不清楚。

雖然有辦法，但是不代表能做到。地道之中佈滿了各種防護魔法，幾乎能阻斷一切魔法。就算她在地下做出一個，既送不出去，也無法操縱。

「光她一個，自然沒機會。」「灰西裝」一拍桌子，「但她有幫手！她可以製造人偶，代替她犯案！」

他不可能知道的！

我一時說不出話。

「我會製造人偶？」04214號吸了一口可樂，「誰告訴你的？」

「那麼，請妳解釋一下，伯雷德羅德來襲擊妳的時候，妳怎麼逃掉的？」「灰西裝」刷地展開地下室地圖，「這裡只有唯一一條地道，妳根本不可能正面突破！」

「畢竟我也是個吸血鬼，沒理由完全沒有抵抗的能力吧！」

「但他切碎那個假人，總不見得是好玩吧！妳只有一個辦法，操縱假人引開獵人，趁機逃走。」他一指04214號，「妳有辦法操縱這個人偶，就有辦法操縱外面的人偶殺人！」

「哪有這麼容易的事！」我怒吼。

他根本不知道，用魔法製造一個人偶有多困難，也不知道衝破地道中的防護需要多麼強大的魔力。

「不容易嗎？反正有魔法。」

「你們普通人，只會把難以解釋的事推到魔法頭上！」

「那你證明給我看，這世上沒有一種魔法能讓她辦到這件事。」

「證明……」我語塞。

「當然是不可能的。這種事，沒有辦法證明，沒有人能夠窮盡世間的魔法。」04214號說。

「灰西裝」得意洋洋：「你親口說過，無論什麼樣的吸血鬼都逃不過你的感知。所以，我昨天晚上在你家見到的，就是一個人偶！只能是這樣！」

「只是你的胡猜！」

「做為證據，已經足夠了。」他對04214號做了一個請的手勢，四個人圍著她走向外面。

我腦海中一片混亂，拼命想個能駁倒「灰西裝」的說法，卻全然想不出。正如他所說，如果伯雷德羅德需要被捕，那她同樣也脫不了關係。

只有我知道她是無辜的，但我無法告訴任何人，除非我說出自己是幕後主使。

她一言不發地走到鐵棺材似的押送車邊，在門旁對我莞爾一笑。「看樣子，我們要分開一段日子了。」笑容中彷彿帶著某種訣別的意味。

我熱血上湧，猛拔出槍對準「灰西裝」。「住手！不准你帶走她！」

他眼神一厲，那十幾個全副武裝的人頓時轉身，十幾個黑洞洞的槍口瞄住我，我的皮膚有森然的尖刺抵住的觸感。

空氣彷彿抽緊了，自我的肺中逆流而出。我大口喘息，想奪回一絲空氣，整個房間裡只聽見我的喘息聲。

「不會有事的。」她溫柔地說。我愕然轉過頭，她淡淡的笑容映入眼簾，眼神微帶責備。「別這樣。」她語氣儼然在勸說不聽話的孩子，「只是走一遭罷了，不會有事的。」

「我不能讓他們就這樣帶走妳！我不能再失去……」我說了一半，手顫抖著，低頭哽咽住說不出話。耳邊劃過踢腿的風聲，手當即一痛，槍自手中飛出去。

我回過頭，「灰西裝」跟著一個迴旋踢，踹中我的喉嚨。我眼前一黑，若非長年受慣亡靈折磨，當場就要暈過去。幾個人猛撲倒我，將我雙手反剪在背後，死死地壓住我。

為什麼，我只能眼睜睜地看著04214號神情平靜地坐進車裡，溫柔地對我說了一聲：

「沒事的，來看我的時候，記得多帶些書。」

「我會救出妳！一定會救妳出來！」

她被抓走了。

我的血在沸騰了十幾個小時後，終於漸漸平息了。

周遭前所未有的安靜，像置身水晶環繞的洞穴。原來，她不在的時候，這個世界可以這麼安寧，簡直是天國。

當然，我當然會救回04214號。在那之前，我只想要靜一下，休息片刻，好好睡一覺。

吸血鬼的時間概念和人類是不同的，只是稍微遲一些救她出來，她一定不會怪我的。

我疲憊地坐在椅子上，睡了幾天來最安穩的一覺。

03

現在，有三個辦法可以讓04214號脫罪。

第一個辦法，我自首。這不可能。

第二個辦法，伯雷德羅德主動攬下罪名。這不現實。

第三個辦法，讓證人證明伯雷德羅德就是主謀。

這個證人，就是我選中的人。我會想辦法，讓他誤認伯雷德羅德為主謀。

到了時間，我登錄網站，線上只有兩個人，我和他。

很快，對方發來簡訊：「寂寥無人的論壇，總讓我聯想起無人沙漠中傾落王朝的遺骸。我們即將別離，真是傷感。」

我手放在鍵盤上，低低吸了一口氣，開始輸入。

「兩個月前，你正式建立這個網站。起初只是試驗一下，沒想到真的有人消失了。你開始擔心，生怕會被吸血鬼殺掉。當我與你接觸時，你鬆了一口氣，又不甘心向我們求援。這時，我提出了那個建議，正合你意。你把所有人集中在一起，引誘那個吸血鬼前去，讓我們替你除掉那個吸血鬼。你還佈置了一個小陷阱，只可惜沒有發揮作用。」

過了片刻，他回答：「有些細節你描述錯了。我只不過是玩膩了那個吸血鬼，讓你收拾掉那個玩具而已。算了，能做到這個程度，對你來說著實不易。我該稱讚你，你的確料事如我！」

「同樣的話，我也告訴了那個吸血鬼。我們抓住了他，不過有一點小小的遺憾，沒有辦法定他的罪，說不定要放走他。」

「幹得漂亮！你知道我現在是什麼感覺嗎？就好像演到大團圓喜劇的最後一幕，然而拉開幕布，主演們居然全部陣亡！喂喂！真的假的？你讓我這個觀眾情何以堪。這種事都能搞砸，天啊，誰來告訴我地球上還有沒有比你更低等的生命！」

「現在你有兩個選擇：一，你根本不相信我，直到吸血鬼出來後找你復仇；二，當證人，向我們尋求保護。你是聰明人，明白該怎麼選。」

我知道他定然會選擇後者，他想知道誰是幕後主使，想參與到案件的調查中來。我只不過是給他一個臺階。

「你現在說話的口氣就和漁夫對蚯蚓說『我要用你來做餌釣魚』一模一樣。好好，好得很！既然約定奉陪到底，那就讓我們一起玩到遊戲結束。來吧！我恭候大駕。」他發出一條地址。

成了。

三層樓的獨立別墅，黑沉沉宛如死去的黑狗趴在我面前。我按下門鈴。正門亮起燈，門口的通話器傳來一個男性的聲音：「進來，我在一樓左手邊第一個房間。」

他的家裡極有錢，這是當初我選中他的原因之一。

屋子裡一股空氣不暢的味道。左手邊第一個房間的門半開著，透出螢幕的微亮白光。我緩步靠近，推開門。

電腦前的那個十五歲少年穿著黑條紋的絲質襯衫，下半身蓋著一條薄毯子。儼然有站在世界頂端的神情，挑選奴隸般輕蔑地打量我。

「你就是那個和我聊天的傢伙嗎？對，我認出你了，那天沒被炸死真是可喜可賀。」

我試圖回想五年前綁架他的模樣，然而無法把那孩子的臉和他疊在一起。我視線下落，看向他的下半身，他坐著輪椅。

「你不能動？」我吃了一驚。五年前，他還是個活蹦亂跳的孩子。

「喂！你在看哪裡！鞭毛蟲！輪不著你來可憐我！」

他抓起無線滑鼠，甩手扔向我。我接住滑鼠，放到一旁，轉而注視他的臉。他的頭髮長至脖頸，臉龐瘦弱，嚴厲地盯著我，胸口起伏，額邊淌過細小的汗珠，浮著一抹淺紅的臉被螢幕的光映得慘白。

他在電腦上打出姓名的瞬間，他的表情連同那個我幾乎遺忘的名字，驀然彷彿散發出污穢的不吉氣息。讓我有些動搖，懷疑自己與他見面究竟正不正確。

畢竟我是五年前綁架了他，殘害了他，讓他懷恨至今的仇人。

崇初，一臉陰惻地看著我。

抵達組織分部時，亡靈依然沉睡。04214號沒被關在這裡。

我有些失望，也有些鬆一口氣。

「灰西裝」已經等在門口，兩排手下如臨大敵般團團圍住我和崇初。看見我帶的只不過是個少年，「灰西裝」微微擰眉。

崇初被帶進審訊室，滿不在乎地掃了一眼整個房間，雙手叉在胸前，不可一世地看著我們。

「誰提供你吸血鬼毒？誰教導你整個計畫？」我問。

「找個人類來，我無法直接和低等的生命體交流。」

「你要明白你現在的處境。你已經犯下了殺人罪，證據確鑿。我們的組織對任何犯人都一視同仁，不管你是不是一般人類。假如你肯合作，我們可以做個交易，免去你的罪。」

「我要整個案件的全部資料。」崇初說。

「這不可能。」「灰西裝」說。

他冷笑著說：「那你以為我來這裡是想幹嘛？接受你們的保護？別開玩笑了！假如你們這群未進化完全的猴子都能找出真兇，達爾文會哭的。這世上只有我能找出真兇，保護我自己。」

「我們已經對兇手心裡有底了。」「灰西裝」說。

我補充說：「嫌疑犯是一個吸血鬼獵人。」

「灰西裝」斜了我一眼，跟上一句：「和一個吸血鬼。」

「假如是真的，那麼你們還需要我說什麼呢？」崇初說，「得了吧！少裝模作樣得讓人噁心。」

我們沉默了一會兒。「灰西裝」起身出門，幾分鐘後帶著一個皮箱回來。他砰地把皮箱放在桌上，威脅似地沉默盯住崇初幾分鐘，緩緩開啟皮箱。

沾著黑色血斑的生鏽刑具森然展現，雙重鋸齒的鋸子、長長的尖針、排滿尖釘的鐵手……一切刑具上彷彿都殘留著慘叫聲，在狹小的問訊室內若隱若現。

「灰西裝」什麼也沒說，什麼也不需要說。

崇初陰陰地笑了，解開襯衫的釦子，露出身體。針孔、刀疤、齧痕、爪印、生生被撕裂的痕跡……新傷蓋著舊傷，層疊在一起，數不勝數。把一個人碎成千片後再重拼在一起，留下的傷痕大抵也就是如此。

像一個披著人皮的怪物。

不僅我訝然，就連「灰西裝」也忍不住動容。

「假如你以為你的小玩具能對我有用，儘管來試試。」他咯咯地笑起來，彷彿從古堡地牢深處傳出的笑聲。

「我還可以用自白劑。」灰西裝說。

「那為什麼不試試呢？」崇初嘲諷地咧嘴。

「灰西裝」從一排針管裡挑出一支，刺入崇初的脖子。

沒一會兒，崇初的眼睛就茫然了。

「是誰指使你犯下這一切的？」

崇初不語。

「回答我！是誰指使你在網上分發吸血鬼毒？」

「我……我不知道……」

「吸血鬼毒是從哪裡來的？」

「他……交給我的……」

「他是誰？」

「不知道。」

「你怎麼和他聯繫？」

「我從不和他聯繫……」

「他最後一次聯繫你，是什麼時候？」

「他……從來沒有聯繫過我……」

最終，「灰西裝」一無所獲。崇初沉沉睡去，沒辦法回答問題。

「灰西裝」當然不相信，一個十五歲的少年，能夠獨自一個人完成這麼多事。

「明明藥已經生效，卻根本問不出誰是兇手，誰是幕後主使！這孩子到底遭遇過什麼樣的事情，嘴比訓練有素的間諜還硬。」

只不過，被我綁架過一次罷了。其他的，崇初什麼也不知道。

我一隻手伸到他膝彎下，另一隻扶住他的背。隔著瘦弱的背，能感覺到他心臟的跳動。

我摒起呼吸，小心翼翼地把他抱上客房的門，儼然抱著貴重的古董花瓶。使我想起之前綁架他時的場景。

睡夢裡，他微顰眉，缺乏血色的臉上籠罩著薄薄的不安。

或許，他也夢見了當年被我綁架時的場景。

第二天，我再去看他。

「醒了沒？」

「問得真妙，哲學式的廢話。我簡直無言以答。我憑什麼說自己不在夢裡？這世上敢說自己醒著的人全是睡糊塗了。」

「我們先不討論這個問題，能讓我進來嗎？」

「您太客氣，我簡直都要以為我是您的貴賓了。」

我緩緩推開門，猝然揮出匕首，將他迎面砸來的杯子斜劈成兩半。杯子清脆地摔破。

他躺在床上冷冷地鼓了鼓掌：「動物比人更敏銳，顯然你也是。」

我的視線掃過一地的狼籍，床邊的椅子、枕頭、被子……凡是他能拿到的東西，都被扔在地上。我扶起椅子，正對床坐下。

「餓嗎？」我問。

「真絕望。」他望向天花板，「我只是想和正常人類談判，為什麼來的總是這種貨色，難道是我的要求太高了嗎？」

「你的要求我們已經考慮過。」「灰西裝」拿著一疊資料出現在門外，將近三百頁的案件資料扔進崇初懷裡。「全在這了。」

崇初花三分鐘看了一遍，隨手扔到旁邊，抿嘴閉起眼，沉思著什麼。

等了近十分鐘，「灰西裝」不耐煩地說：「喂，遵守你的約定。」

崇初翻起眼皮：「奇怪，我約定過什麼？」

「只要我們把案件資料給你，你就會坦白交代。」「灰西裝」板著臉說。

「我猜我說過的話你們都有錄音，你去翻出來聽聽，我什麼時候說過這種話。你的記性真是比草履蟲還差。」

「灰西裝」咬緊叼著的菸，瞪了崇初片刻：「很好，你以為我拿你沒辦法是不是？既然你什麼都不願說，那以你的罪行，將你處死十次都不冤。等著吧！」

他轉頭對我說：「很遺憾，你帶來的只是個沒用的廢物。她依然不能脫罪。」

「你讓我單獨和他談談，關掉一切監視竊聽設備。」「灰西裝」一臉不信任地看看我，又看看崇初。我接著說：「我想了一晚，基本上明白該怎麼對付他了。」

他看了看錶，勉強回答：「給你半小時，這傢伙要還不開口，別怪我不客氣。」

「我明白。」我說。

「灰西裝」走後，我關上門，逐一確認房間裡的監視竊聽設備已經停止運作。

「你想讓那個女吸血鬼脫罪是不是？吸血鬼獵人愛上了自己看守的吸血鬼，真是可歌可泣的動人故事。」他不鹹不淡地鼓了三次掌，「這個吸血鬼獵人究竟怎麼說服另一個吸血鬼的幫兇來幫助他呢？真是讓我期待。」

「我是管理員，不是吸血鬼獵人。」我看了一眼厚厚的資料，「你看得挺快的。」

「訓練有素的狗也能做到，會覺得驚訝，只不過是你太沒用了而已。」

「那麼，你找到你想找的東西了嗎？」

他的眼神驟然尖銳，整個房間的氣氛為之一變。「我找到很多有趣的東西，你指的是什麼？」

「真正的兇手。」

「你最好說清楚你的意思，不然我怕我會產生某種程度的誤解。」

「只是我的推理。從你的作案手法來看，你僅僅是給被害人提供唾液，並不是非得要和兇手有所接觸。同時，就連自白劑都無法讓你說出兇手。我不禁想，會不會是你根本不知道兇手是誰呢？」

「只是推理。」他不屑地撇嘴，「居然你有和人類差不多的智慧，真是神奇的世界，我又發現一個新物種了。你想幫我？得了吧！我還沒這麼淪落。有這工夫，你多扶幾個老人過馬路，還算是對社會有點貢獻。」

「事實是，再過一小時，那個男人毫無疑問會殺了你。你真就甘心？你假如以為那男人為找出兇手就不會殺你，那可錯了。他已經認準吸血鬼04214號是兇手，而你只不過是她的棋子。」

「威脅對我是沒用的。假如一切證據都指向她，那我也認為她是兇手、是主謀。」

「她不是！」我大聲說，「是伯雷德羅德！」

「吵死了，閉嘴！」他做了個噤聲的手勢，睜圓眼睛端詳我。

我從沒想到過一個平凡孩子也能擁有這種眼神，那種彷彿一口將人吞掉、嚼成渣再吐出來的眼神。

足足五分鐘，他才收回視線，不吉地陰陰笑起來，就像藏在房間暗處的巫毒娃娃。

「也行，你幫我抓住真兇，我幫你救那個吸血鬼。暫時，先給我換個有電腦有網路的房間。」

我走出門，「灰西裝」在外面抽菸。在那孩子面前，他一口菸都不沾。對崇初用的自白劑，是最無害的那種。

「嚇唬嚇唬他，果然有用？」他笑了笑，又嘆息搖頭，「他畢竟只是個孩子。」

04

五年前的夏天，父親的亡靈告訴我，如果不殺死04214號，我就會被亡靈的負面能量加速逼瘋。

那時我已經決心殺掉04214號，但對他的厭惡並不會因此消失。我不想見到他，可是每每靠近04214號，他總會冒出來，興致勃勃地參謀殺死她的計畫。

「你必須有個幫手，把所有的髒工作、苦工作扔給他，你就可以逍遙法外了。」他說。

「說得容易，我上哪裡找幫手。」

「做這種事，並不需要強大的力量，就連孩子也辦得到。對，你就去綁架一個孩子吧！比起成人，小孩子更單純，更容易洗腦。做了壞事不容易被懷疑，曝露之後還能博得同情。」

「我小時候，你就是這樣看待我的？」

「你忘記我利用你走私違禁物品的事了嗎？那時你哭著不鬆開那個娃娃，不讓海關發現娃娃的頭其實是真的。我都沒想到你能演得這麼逼真，小孩子的潛力真是無窮。」

「你還敢說。你把我打扮成女孩子，硬說那個模樣難看的東西是我的娃娃。我要是不緊緊按住那個獵巫時代遺留的死嬰腦袋，它就要飛出去吸魔法師的腦漿了。」

「哈哈，原來是這樣。」

我嘆了一口氣。「就算找到了這麼一個孩子，我總不能把他訓練成搞錯了自己種族的變態，讓他模仿吸血鬼殺人。」

「你知道04214號擅長製作人偶吧！」

「嗯，因為人偶不是吸血鬼，所以一度讓你陷入苦戰，還是伯雷德羅德救了你。後來，你們就把她的人偶全部銷毀了。」

「確切地說，是銷毀了所有已經完成的人偶。」他顯然不懷好意地說，「你還沒去過她的巢穴吧！那裡留著一個很趣的東西。」

那是04214號以自己為藍本，做出的唯一一個複製了她自己的人偶。

我不太懂煉金學，聽父親的說法，她不僅試圖複製身體，還試圖複製靈魂，創造出第二個自己。這個人偶已經逼近了生命創造的領域，是相當珍稀的東西。

可惜失敗了，這個人偶沒有動起來。即使它擁有與04214號相同的DNA，擁有近似吸血鬼的身體，可惜我血中的亡靈無法對它產生反應。這是個死物。

我曾經花了很大力氣，試圖讓它活動起來，代替我血中的亡靈殺人，結果徒勞。它的一切都完備，但就是沒有辦法啟動。

04214號本人都沒有找出無法啟動的原因，否則，她早就把它投入與我父親的戰鬥了。

這只是一個失敗品。

父親當時沒有銷毀它的原因很簡單，從這個人偶的唾液中可以提取出與04214號一模一樣的吸血鬼毒，他可以用來賺錢。

我從人偶處提純出來的吸血鬼毒，是我計畫中最關鍵的物品。

如果04214號知道她製造出的人偶，被用來謀害她，不知會有何感覺。

我花了很長時間物色綁架的目標，潛伏在各個國小附近，拍了不下萬張男生的照片。觀察最聰明、最有潛力的孩子，最後選中了崇初。

父親的遺物中，有一個不能輕易打開的瓶子，裡面是他生前在東歐森林裡抓到的一個小妖精。我與它定下自由的協定。它變成崇初的模樣，欺騙崇初的家人，直到我還回崇初。我不知道事成之後它去了哪裡，它的故鄉早已被人類開發。

五年前的一個夏夜，我闖進了崇初的家，把他從床上擄到04214號曾經的巢穴。五年後的今天，那個嚎啕大哭的孩子，在我面前用陰森的表情，提起那間牆壁上有黑色血跡的房間。

「我在十歲那年，被人綁架到了一個不見天日的地方。他就坐在我的對面，默默看著我哭泣求饒。等我哭累了，他在紙上寫出一行字，給我看。他從不開口，只寫字。」崇初說。

那時我寫了：「歡迎你，被選中的人。」

頭三天，我只是靜靜地坐在那裡端詳他。到吃飯的時間就出去片刻，回來扔給他幾個巧克力蛋糕。三角形的，塗著黑色巧克力糖霜。

崇初最喜歡吃，他的父母怕他蛀牙，從不讓他多吃甜食。我不管他，隨他吃到飽。看著他盡情地吃著巧克力蛋糕，吃飽了就睡，醒了再吃。他那雙明亮的眼睛裡，漸漸淡去了恐懼。

第四天，我帶他去了04214號的實驗室。

「一個手術室似的房間，房間周圍是一排排書，全都有關吸血鬼及吸血鬼獵人，而正中……」崇初閉上眼睛，想描繪出那情景似地微抬起手指，「污黑的，臉被罩住，只露出一張嘴。就是你懷疑的人偶吧！它躺在手術臺上，內臟翻出，各種手術工具橫七豎八地插在身體上，就像是建造中的大樓。嘴裡含著一根管子，唾液沿著管子流到一個桶裡。」

我用人偶做為教具，教他什麼是吸血鬼，教他如何利用吸血鬼毒。並教他戰鬥的基礎，教他隱藏行蹤，教他磨練意志。

訓練時，我讓他用刀刺傷那個人偶。他起先有些抗拒，但看見人偶的傷口很快痊癒，就不再有所顧忌，變得越來越熟悉。

休息時，我給他看吸血鬼故事的畫冊，正義的獵人戰勝邪惡的吸血鬼的故事。在他的想像裡，自己或許就像獲得奇遇的故事主角一樣吧！

我能理解他，我也曾經以為，自己可以和先祖一樣，成為殺死吸血鬼、拯救人類的英雄。

他天真地吃著巧克力蛋糕，信任地問我：「叔叔你是和吸血鬼戰鬥的英雄嗎？我也要成為很厲害的獵人！」

他的進步之快遠超我的預期，很快就掌握了我打算讓他學到的一切，只差反覆地練習。

我帶他去了我存放蛋糕的房間。直到今天，崇初提起當時的情景，表情仍有微微的不安。

「房間裡堆滿了巧克力蛋糕，和有蛆的腐肉堆在一起，浸在黑色污臭的血水裡，成千上萬的蟑螂、老鼠、蒼蠅忙碌地亂飛亂爬，儼然一個繁華的世界。那天，我把胃裡所有的東西吐得一乾二淨，吐到連酸水都吐不出。」

我和他一起關在那個房間，這孩子再也不願意吃蛋糕。我在他面前，津津有味地吃著浸透臭水的蛋糕。那孩子哭過、作嘔過、閉眼不看過。兩天後，他餓得不行了，挑出一塊稍顯乾淨的蛋糕，吃了下去。

不，這不行。我一腳踢散堆起的蛋糕，讓它們統統落在污穢之中。

這一回，崇初沒有猶豫太久，撿起被我踩爛的蛋糕，吃了下去。

「現在，我要教你最後一件事。」

我把崇初帶回手術室，遞上刀，指了指手術臺上蓋著布的人影。崇初毫不懷疑地給了他的腿一刀。

那個人慘叫起來，鮮紅的血湧透白色的布。他想跳起來，但四肢早就被我鎖在手術臺上了。我一把掀開白布，露出那個男人的臉。被我注射過藥物，他的眼睛充滿暴怒的血絲。

「你是誰派來的！是城東的人吧！你知道我是誰嗎？我要滅了你祖宗十八代！」

崇初嚇傻了。

我拍了拍他，讓他看清那男人手腳上的鎖鈕，上面有錶盤，倒計時九十秒。時間到了，這個鎖就會打開。

崇初是個聰明的孩子，當然不會不懂其中的含意。

我要說的話寫成紙條，貼在男人心口上。然後，我走出門，把崇初和失去理性的男人關在了一起。

「那張紙上，他教了我最後一件事。」崇初對我、對握緊拳頭的「灰西裝」說，「最重要的，是心臟。」

那時，我再度打開門時，崇初回頭望著我，那張紙條已經被戳爛、被鮮血浸透。他那染紅的小臉，讓我想到我十歲那年，第一次殺死那些人時，是不是也露出了與他同樣泫然欲泣的表情？

「我捅穿了那個倒楣鬼的胸口，卻覺得自己的心徹底死掉了。我當時昏迷了過去，在自家的床上醒來，彷彿也沒發生過一樣。明明我失蹤了一個月，每個人都信誓旦旦地說沒有這回事。我沒辦法證明這不是我的一個夢，什麼痕跡都沒留下，除了這裡。」

崇初點了點自己的腦袋。

我從沒幻想過自己所做的事能夠得到原諒，我只需要他恨我。

我不懂如何教導一個孩子。我只能先給予他美好的希望，然後再狠狠地摧殘他，就此讓他深深地憎恨我。

我父親活著的二十年間所對我做過的一切，我將之濃縮成一個月，再傳遞給崇初。這樣，或許就能讓他像我恨我父親一樣恨我，就會追隨我的意願，不願放棄任何找到我的機會，為此不惜照我的命令殺人。

他是我的影子，注視著他就像看到了我。

他本來想用七年的時間準備好一切，可是兩個月前的一場車禍，崇初的父母身故。他傷到脊椎，下半身癱瘓。這件事促使他退學，遣散家裡的傭人，建立起這個網站，開始實現我的計畫。

「放心吧！我知道你有多恨那個人，我替你報仇的。」我說。

我不可能向他道歉。

讓他把伯雷德羅德當成是我，讓他得到一些報仇的快意。我只能做這麼多。

「恨他？沒有他，我也許的確可以擁有更美好的人生。不用整天想著如何在網上物色殺人的目標，如何逃避追蹤，如何找到他。但正常人類的我已經死在那個倉庫裡，徹徹底底的，不剩下一點渣。」

崇初噴吐著五年來鬱積在心中的黑暗，這個房間彷彿充滿了濃厚的瘴氣，讓人難以呼吸。

「還記得我問過你的三個問題嗎？你覺得自己為了什麼存在於這個世界上？你敢活在污穢之中嗎？你憎恨世界賦予你的命運嗎？」

「不論願不願意，人殺豬、殺狗、殺牛、殺羊、殺人、殺吸血鬼都一樣。為了活下去，無論多污穢的東西都能忍受，無論多重要的東西都能殺掉。活著就是一件應該憎恨的事，然而這憎恨正是活著的原動力，一邊詛咒著生命一邊活下去。這是我的答案，這就是他的答案。」

崇初按住自己的心口。

「那個綁架者揉碎我的靈魂，和上血水和上污泥，重新為我塑出一顆污穢的心。沒有這顆心，就沒有現在的我，現在的我根本沒有理由恨他，恨他便是否定自我的誕生。他就像是我的父親。」

我像父親嗎？

「那天，正好是我的十歲生日，我從他那裡收到一件了不得的生日禮物。對於他，我只有深深的謝意……」

崇初笑了，露出森森白齒。

「非要殺了他才能排遣。」

我記起來了，那時我還祝賀過他，生日快樂。

05

我和「灰西裝」押著崇初去指認犯人。

崇初當然不可能知道誰是幕後主使。我那時矇臉戴手套，穿厚實的衣服掩藏體形。把腳跟墊高，穿不合碼的鞋。從不說話，只用紙條和他交流，等他看完就直接燒掉，連灰都吃掉了。

但崇初可以撒謊。

「對，沒錯，我雖然不知道他是誰，但我偷看到他換衣服，只要我站在他面前，我絕對能認出他來。」

04214號是女性，不可能是幕後主使。不過「灰西裝」一再強調有變裝的可能性，我也只能同意讓崇初先去看看04214號。

「我也想看看，真正的吸血鬼看起來是什麼樣子的。」崇初說。

一路上，我注意著崇初。他表面上一副不在乎的神情，手指卻緊張地絞在一起，後頸微微滲出汗珠，故意不與我目光相對。

畢竟還是個平凡的小孩子。

04214號被關押在另一處秘密的地牢裡，血中的亡靈此刻熱鬧極了。

「這孩子和你很像啊！」父親說。

怎麼可能。

我討厭這傢伙，比討厭伯雷德羅德更甚，神情、氣質、長相、言行……分開看沒什麼問題，但合在一起就有強烈的排斥感，像是不斷有黑色的淤泥從他身體裡擴散出來。

我有些煩躁不安。

牢房四壁都是灰色的水泥牆，只有一張焊在地上的鐵椅。她穿著被帶走時的長裙，手腳被鐐銬銬著，正坐在椅子上。

「喲，你來了。」她綻出靜靜水紋似地微笑，抬起手揮了揮，鐵鏈發出沉重的撞擊音。

「妳沒受什麼委屈吧！」我心疼地握住她的手。

「這裡環境還算不錯。」她笑著說，「可惜沒有書看。」

「喂，看到了吧！」我轉過頭對崇初說。

崇初眼珠一動也不動地盯住她，緩緩轉著輪椅，繞著她看了一圈，又貼近身細細看著。足足看了三、四分鐘。

「好了沒有！」我有些不快。

他不滿地瞪了我一眼，旋即又盯住她。「妳真人比照片看起來漂亮多了。」

「真是過獎。」她掩嘴笑了笑，忽然伸出左手，探進崇初的衣服裡，按在他的胸口上。

「妳、妳想幹什麼？」崇初臉頓時通紅，手忙腳亂地想去推開。

「吸血鬼，妳想幹什麼！放開他！」「灰西裝」驚聲說。幾個工作人員衝上前想把他們分開，被我攔下。

「別急，出不了什麼亂子。」我說。

她右手握住崇初的手，以不容否定的語氣說：「不要怕。」

崇初凝然看著她的眼睛一會兒，臉不再那麼紅，身體放鬆，但表情多多少少有些介意。

「這才乖。」她笑著說，說罷，以超過常人百倍的速度悄聲詠唸咒語，乍聽好像機器運轉時低沉的嗡嗡聲。

房間裡瀰溢出濃厚的魔力，迫使我有些呼吸不暢。

崇初的衣服下，她所按的地方漸漸透出紅色的光，脊椎一節節地逐一清晰映出。大滴大滴的汗隨即從皮膚下鑽出，沒幾秒他就和剛從水裡撈出來無異。崇初緊咬住牙，手掌彷彿要掙裂皮膚般用力張開，喉嚨底發出強抑的呻吟。

一分鐘後，她長舒一口氣，收回手，挽起頭髮，微笑。崇初閉眼癱軟著，大口喘息，身下濕了一大片。

「妳幹了什麼？」

她的臉似乎愈加蒼白了些。「沒什麼，只不過讓他的下半身恢復正常而已。這是後天的傷，比天生殘疾要好治多了。」

崇初聞言睜開眼，用力掐了一下自己的大腿。他屈起腿，再伸直，如此反覆做了四、五次。他猛然翻身站在地上，難以置信地端詳她良久。

「妳應該先開個什麼條件，再給我治療做為交換。」他說。

「唉，我忘記了。」她笑著轉頭看我，「你怎麼也不提醒我一聲。」

我聳聳肩，寬心不少。這樣一來想必崇初不會指證0421４號。

崇初的視線頗為不屑地側向我，甚至稱為含有敵意都不為過。「這傢伙除了像過期的膠水一樣搞砸事，還有什麼別的本事？」

「至於妳的恩情。」他看著0421４號，又斜了我一眼，「相信我，我會回報的。妳治好我，所以我也要救妳一命。」

「灰西裝」勃然大怒，「這算什麼！我不會承認這樣的結果！」

「你不承認的話，可是會後悔的。沒見過本人我還不能確信，但看過之後，我可以拿性命保證。」崇初笑著退了幾步，霍然指住0421４號——

「沒錯，幕後主使就是她！」

「灰西裝」一臉錯愕，04214號的神情中略帶了些困惑。

「你說什麼！」我幾乎以為自己聽錯了。

「你要我說幾遍？剛才在房間裡，你逼我說謊，包庇吸血鬼。可惜啊，我是個正義感十足的人。」

彷彿神經燒斷，我腦中驟然空白，一拳揍在他臉上。

他直接倒地，我又衝上去踹他肚子。他痛得蜷起身，抱住我的腿猛然一扯。我失去平衡摔在他身旁，他仍在不停地說：「就是她！」

「給我閉嘴！」我反手捏住他脖子，「閉嘴！」

他同樣地伸手卡著我喉嚨，與我滾成一團。混亂中，他嘴湊在我耳邊，費勁地一字字低聲說：「終於讓我找到你了。」

他怎麼會知道我是誰！

我震驚了，被一擁而上的十幾個人拖開。

04214號關切地走向我，腳步被鐵鏈扯住，只能掩住嘴怔怔地看著我。我拚命伸出手想握住她，然而卻越離越遠，沉重的鐵門在我面前轟然關上。

物。

崇初被人攙扶著從我身邊走過，驀然對我回頭，抹去嘴角的血，彷彿注視落入陷阱的獵物。

「看，這孩子和你多像。」父親笑了。

5.

命運反噬

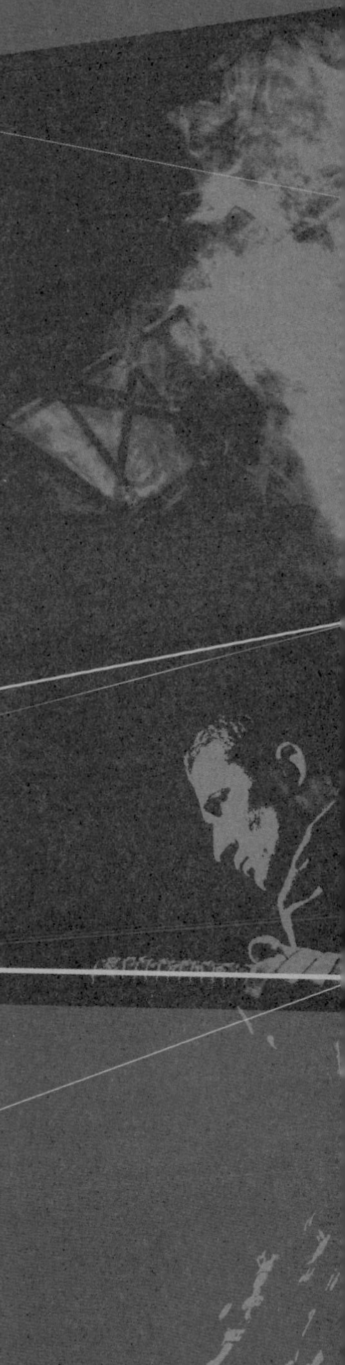

01

後腦痛得快要裂了，我被父親狠狠地打倒在地，啃了滿嘴泥。

「眼看就到你二十歲生日了。」父親嘆了一口氣，「這二十年，你有贏過我一次嗎？」

我第一千五百六十九次慘敗，零勝。

他踩了我一腳：「好了，你要躺到什麼時候，該起來上課了。」

比起被他在訓練中狠揍一頓，上課更讓我頭痛，我完完全全聽不懂他在說什麼。

我的家族本來只專於亡靈魔法和煉金術，而在我父親這一代，開始研究魔法陣，並且逼迫我也要將他的技術傳承下去。

傳統的魔法陣是一種極其繁複的技術，繪製與唸咒時間遠超過其他魔法，向來只適合應用於需要大量魔力的場合，類似戰術核武器。

吸血鬼獵人往往進行小規模戰鬥，使用魔法陣未免太不實用。但我的父親捨棄了魔法陣本身的具體構造，提煉出魔法陣幾何結構的特徵，進而簡化魔法陣。

他說這個理論的基礎是拓撲學。他從最簡單的七橋問題、四色猜想說起，說到咖啡杯和麵包圈其實是同一種東西，最後說到魔法陣的圖論，提到魔力的流量問題、最佳路徑之類的。每堂課，我一臉迷茫地回望他。

「這都是最最基礎的東西，你怎麼就不懂呢？兩百多年前的人都會。」父親看著我，「我還沒教到用數學模型建造三維甚至更高維度的魔法陣，沒教到怎麼把這些高維魔法陣投影到現實的曲面上，沒教到如何用分形理論增強魔法陣的效力。這些都還不難。我最近研究魔法的弦論，這才算是有點難了。」

最後我只懂了兩件事。

第一，魔法陣圖案上，過於華麗的花紋和大段的咒文，在某些情況下並不重要的。只要確定了端點和線，就可以獲得一個魔法陣的胚形。當然這還不夠用。他留給我的五把匕首，能夠把特定的幾何圖形變成魔法陣，類似某種鑰匙。

第二，我是個笨蛋。

我從沒有贏過我的父親，贏不了現在的他，贏不了過去的他。

十歲，我第一次釋放出魔法。他三歲，玩捉迷藏時就開始用隱身術。

十二歲，我滿身是血地帶回獨自獵殺的第一顆吸血鬼的心臟。他五歲，已經能把吸血鬼當猴子耍。

十五歲，我第一次繪出了可以完整運行的魔法陣。他十歲時，開始為未來自創的魔法體系構築理論基礎。

他十二歲時就製成了魔彈獵手。十五歲時，獲得數學及材料學的博士學位。二十五歲完成了全新的魔法陣理論，打造出第一把匕首。一直到死去的那年，總共造出五把，現在歸我使用。

我至今沒有可以與之相提並論的成就，估計一輩子不會有了。我越是努力，越是感覺到與他之間有著絕望的差距。

他出生時，長輩為他占卜獲得的名字是Genius，他不負所望地成為了一個家族有史以來最傑出的獵人。

每每我站在他面前，都自慚形穢。他望著我的眼神，就像鏡子外的人注視鏡子裡的人。我只是他劣質的贗品。

如果我不是他的兒子，我絕對會快樂很多。這樣的念頭一旦產生，就煞不住車。

反正我一輩子也比不上他，戰鬥時只能幫倒忙，平時還要讓他討厭。既然如此，為什麼我還要跟在他屁股後面，這麼辛苦地去成為一個吸血鬼獵人？

在我十二歲那年，第一次完成狩獵後，他就再也沒讓我插手獵殺吸血鬼。他一個人攬下了一切，根本不需要我。我就是一個多餘的累贅。

我準備了一肚子的話準備對父親說，才剛開口，他就簡單地打發了我。

「你就只有這些牢騷嗎？那就滾吧！」

我不知道我是怎麼離開的，回過神時，我已漫無目的地隨著人潮走動。

我真的不用再當吸血鬼獵人了？我真的不用再追隨他了？

那麼，我該幹什麼？該到哪裡去？

我無處可去。偏離了我父親從小為我設定的軌道，我就是茫茫大海中一艘失去座標的船。

我正徬徨間，一股巨大的魔力將我擄到一個高樓的屋頂。一個膚色純黑、頭髮雪白的白衣女人浮在半空，她的身體只有黑與白兩種顏色，像是洗去了世間一切冗餘的色彩。沒有瞳仁的純白眼珠，目空一切地打量著我。

「抓錯人了，我就知道沒這麼簡單抓住那個吸血鬼盜獵份子。喂，你是什麼人，長得和那傢伙這麼像，也是盜獵者？」

從她的嘴裡，我頭一次聽說了一〇九六公約的事，也頭一次聽說，原來我的父親早已是反公約派的一個成員，與組織發生了好多次衝突，讓組織頗為頭痛。這次得到情報，父親與伯雷德羅德追殺吸血鬼到了這個城市。我眼前的這個黑白分明的魔女，星組三個正式成員之一，親自出馬逮捕我父親。

這個世界已經禁止獵殺吸血鬼了，我從沒聽父親提起過一個字。

我一直為我無法成為一個如他期望的人而悲愧，我一直為我沒有足夠的能力行使正義而責疚。

他為什麼不告訴我，吸血鬼獵人已經成了罪犯，成為了邪惡！

我覺得我被騙了，我的一生被一個巨大的謊言欺騙，被我的父親、我的家族、我的血欺騙。

如果可以不用獵殺吸血鬼，我可以不必忍受扒皮換血的劇痛，不必接受殘酷無情的戰鬥訓練，不必學習沒有任何用處的知識。

我這一生算怎麼回事？

真是個笑話，可笑得我都想哭。

晚上，我回到了父親身邊，與他繼續追殺將會被編為04214號的吸血鬼。他沒有對我多說一句話，就像我從來沒有離開過。

那時，我已經背叛了我的父親，投靠了我未來的上司——九虹蛇。

02

辦公室，「灰西裝」遞給我一杯冰水。我連冰帶水一口喝盡，冰冷感在體內擴散開。他接過空杯子又倒了一杯給我。我把杯子貼在額頭上，發熱的腦子的確降溫不少，然而連思路也凍結了，腦海裡冷冷清清的一派雪白。

「冷靜點了？」他說。「我只是希望你能冷靜點，我不管你是不是威脅過他，這件事就這麼過去了。」

我放下杯子，想像著崇初的臉，想像著扼住他脖子時的手感，恨恨地一捶桌，長長地吐出一口氣。

「好了，我冷靜了。」

「那麼我們來討論一下接下來該做的事。」

我心不在焉地嗯了一聲，視線迷路般漫無目的地轉來轉去。

「等找到那個人偶，就可以結案了。」「灰西裝」說。

「沒有，你永遠也找不到，這世上根本不存在這樣一個人偶。」

「那孩子已經交代了，你就不要再否認了。」

「他只是說看到人偶，又沒有說人偶會動，那說不定只是個沒完成的人偶。」

「這種事，我勸你還是別太樂觀。」他說。

「假如04214號為了吸血，她應該找一個能夠立即辦好這件事的人，五年前就該出現命案。完全沒有理由找一個不知道什麼時候會開始行動、無法控制的人。就我的理解，只能是幕後主使為了不使人懷疑到自己頭上，才會斷絕與崇初的聯絡，任他隨時自由行動。」

「或許04214號那時還不那麼迫切。更何況，安全比時間更重要。吸血鬼們總是擅長等待的。」他說。

「最重要的一點，那時04214號已經被關在了地下，不可能再出來綁架崇初！你別想質疑組織的保護手法！」

「灰西裝」沉默了好久。

我正為自己駁倒了他而高興時，他卻緩緩說：「如果，綁架崇初的，就是一個長得和吸血鬼一樣的人偶呢？」

我根本無法否認這種可能，除非承認幕後主使就是我。我忍無可忍地大吼：「只要你一天沒有抓到人偶，你就不能對她怎麼樣！」

「那麼，抓到人偶，就沒問題了吧！」

崇初宛如征服者那樣昂首站在門邊，斜眼看著我。我咬緊嘴唇，冷笑以對，決心不管他說什麼都無視。

「咦，這麼快就老實了？我還期待著你再展現一下被人按倒在地的英姿呢！」他說。

「有什麼想說的就快說吧！」「灰西裝」說。

他從我臉上收回視線。「我手頭還有足夠的唾液，找個人讓他服下去……」

「灰西裝」說：「我不認為04214號還會讓人偶出現在我們面前，上次也只來了伯雷德羅德。」

「我在想一件很有趣的事，那就是那個人偶究竟能幹些什麼事。」崇初說，「就目前的經驗而言，它不能自由選擇目標，只對有標記的人類下手，需要我事先為它鎖定目標。」

「你到底想說什麼？」

「你們行動的那天晚上，依照正常情況，它完全應該出現。所以我才會在那裡埋下地雷和炸彈，想要解決掉它。那時我還不信任你們，只有希望你們自求多福了，隨隨便便就被幹掉的人，我也指望不上。」

「說重點！」「灰西裝」不耐煩地輕輕拍了拍桌子。

「重點就是，為何人偶那天晚上沒有出現。顯然是吸血鬼阻止了它自投羅網，就在你們與伯雷德羅德戰鬥時，吸血鬼不得不親自把人偶看管在那個人型蟑螂的家裡。所以吸血鬼對人偶並沒有絕對的控制權。在吸血鬼被囚禁的現在，我們完全能夠將人偶引出來。」

「灰西裝」想了想，微微頷首：「不妨試一試。」他看向我，「你以為呢？」

我拒絕發表意見。

「而且，我願意成為誘餌。」崇初語氣平常，卻讓我彷彿看見平靜海面下有巨大的黑色影子緩緩游動。

「為什麼？」「灰西裝」開口。

「我不希望因為證據不足而放過了她，我要親手把她送上刑場。」

「灰西裝」慢慢深深地吸了一口菸，彷彿想從空氣裡品出陰謀的味道。

我不想再和崇初待下去了，起身要離開。崇初忽然對我說：「我要和你單獨談談，在一個沒有人監視的地方。」

「你想說什麼？」「灰西裝」不信任地看看他，又看看我。

我閉嘴不語，倒要聽聽他想說什麼。

「我只是希望能和我的保護者處好關係，而且希望能考察我的保護者是否合意。我這人不太擅長和正常人交流，就像是不擅長把正確的信放進信箱。而且我很討厭被人監視，不希望在說一點私事的時候也被人盯著。」

「我不能說你沒有這個權利。」「灰西裝」把菸碾進菸灰缸，「我只要提醒你一點，沒有監視設備，我不能保證你的安全。」

「我相信他。」崇初說，「我連性命都能交給他保護，又怎麼會不相信他。」

「那麼，這個房間現在就是整幢大樓最保密的地方了，盡情聊個夠吧！」

「灰西裝」離開後，他在我對面坐下，手肘支著大腿，十指相對，做出一個塔型手勢。眼睛如蛇般盯住我，臉上一副輕藐的神情，似有似無地冷笑。

我不帶表情地注視他。沉默了約三分鐘左右，他舒展身體倚在椅背上。

「五年來，我一直苦苦思索你的目的，究竟是為什麼要把一個十歲的孩子帶進如此的地獄裡？」

他平靜地說，語氣裡有種不容我回答的斷然。

「看過案件資料後，我以為自己明白了，是有某個人想要殺死那個編號04214號的吸血鬼，才會佈置出這麼一齣鬧劇。一開始我以為是那個叫伯雷德羅德的人，怎麼看也是這傢伙最可疑，但我卻說服不了自己。」

「漸漸地，我覺得其實你才是幕後主使。每當看見你就有一種深深的厭惡，說不清是討厭哪一部分，總之就是感覺像是會有黑泥從你身上湧出來似的。然後我對自己說，假定這個人是幕後主使，何以佈置下這麼一個殺死吸血鬼的陷阱？他分明是在保護那個吸血鬼。」

「我忽然想到一個笑話，你這傢伙該不會是五年前想殺她，現在卻愛上她了吧！吸血鬼獵人愛上吸血鬼，聖職者愛上惡魔，員警愛上殺人犯，這些根本就是三流小說的劇情，居然能讓我看到了。」

他霍然起身，湊到我面前，大笑著說：「真是笑死人了！」

我厭惡地避開他的臉，不想聞到他身上的氣味。

「我知道你肯定也第一眼就看不順眼我，就像我對你一樣。知道為什麼？我、你，是同類！你是什麼樣的人，我便是什麼樣的人！我們就像是鏡子裡外的兩個人走到了同一邊。」

「我痛恨你賦予我的命運，並嘗試抗拒，然而最終只能遵循你給我預定的道路一步步走。我們都痛恨世界、痛恨命運及至痛恨自身的人，所以當然就會痛恨與自身相同的人。唯一不同之處，你原本便生在地獄，而我卻被你拖入地獄。」

我注視玻璃杯裡的冰。

他一把抓過杯子，砸破在牆上。

「你不再是五年前的你了。五年前你可以拋棄一切，在污穢中活下去，然而現在你已經做不到，你有無法捨棄的珍貴之物——那個吸血鬼。覺得諷刺嗎？我是你的複製品、是你五年前留下的傳承者，你與其說是被我擊敗，不如說是被五年前的你親手擊敗。」

我漠然看著天花板。

崇初撕扯我的衣領，紅腫的眼睛瞪住我，惡魔附身似地慘然大吼。

「說話啊！你這個混蛋！你看看我，看看我現在的樣子！你五年前就知道我會變成現在這個樣子！我已經不是我！只是個亡靈！你五年前留下的、和你一模一樣的亡靈！你為什麼卻不是五年前的你了！」

他哽咽住，低聲抽泣。五年前，我將他綁架到那個房間的時候，他也是這般哭泣，我一瞬間產生了錯覺，他的時間一直都還停在五年前，還是個十歲的孩子。

崇初抬頭掃了我一眼，搖搖晃晃地站起，走到門口，手掌撐住門。

「是你，殘害了我；是你，使我喪失成為正常人的資格；是你，把我拖進你所身處的地獄。然後，現在你後悔了，你要拯救你原本想殺死的人，你要從這地獄裡爬出去……」

他仰起頭，深深吸氣，猛然指住我的臉。

「少給我做白日夢了！只要我還活著一天，我就要提醒你，你是罪犯！休想從地獄裡探出半根指頭！我不會殺死你，會一次又一次地奪走你的希望，把你拖回深淵！你生命中將只有黑暗和污穢，縱然偶爾會有一絲光明，也將短暫到讓你哀痛自己擁有太過漫長的生命。」

我自始至終，冷冷地對他沉默。直到那一刻，才對他說出了第一句話：

「奉陪到底。」

03

在行動之前，我在「灰西裝」的監視下探望了伯雷德羅德。牢房裡的他，一身略顯緊繃的白囚衣，手腳被鐵鏈縛在鐵椅上，一見到我就大聲嘲笑。

「看你的臉色，一定是嚐到苦頭了吧！我早就說過她是兇手！」

「就算她是兇手，也輪不到你動用私刑。擅自襲擊吸血鬼，終究是死罪。現在只是沒空理會你的事，等一切結束，你還是會被處死。」

「只要吸血鬼死了，我就可以含笑而終。」

「今晚，我們會傾巢而出，狩獵人偶，用吸血鬼的幫兇做誘餌。」

「那真是再好不過了，不管哪一邊死了，都是好事。」他不在乎地皺皺鼻子，放聲大笑。

「別笑了！」

他沒聽見似地笑了近一分鐘，方停下，一臉嚴肅地說：「現在你仍有改正人生的機會，去做你真正該做的事，殺了那些吸血鬼。不要理會什麼見鬼的條約。你體內流的是吸血鬼獵人的血，註定要獵殺吸血鬼。除此之外，你什麼事也做不到。」

「你難道就說不出半點有新意的話？」

「說一遍你不懂，我就說兩遍，說到你明白為止。」

我無法理解，究竟他為什麼會如此執著於獵殺吸血鬼。他滿頭白髮，一個分明已經是個年過六十的老頭，為什麼寧可在生死線上與吸血鬼戰鬥，卻也不肯要一個安寧。

我除了知道他曾經和我父親合作過外，其他的我一概不知。「你何時何因開始獵殺吸血鬼的？」

他微一愣，旋即警惕地說：「你問這個幹什麼？」

「隨便問問。」我一攤手，「你若想把這些事帶進棺材裡，隨你。」

「也不是什麼大不了的故事。十二歲那年，我家被一個吸血鬼襲擊，除我之外的人都死了。就是這樣。三年後，我殺了那個兇手，自己也幾乎死了。」他側了側頭，「這缺了半邊耳朵就是那時留下的紀念品。」

「你從此就憎恨吸血鬼，成了吸血鬼獵人？」

「真是笑話，假如殺死我全家的是個人，難道我該以全人類為敵不成？若哪個傢伙出於仇恨而成為吸血鬼獵人，以為吸血鬼全是惡魔，那他早晚會錯殺無辜，後悔莫及。這樣的例子太多了。」

「那你為什麼還要獵殺吸血鬼？」

「因為吸血鬼和人類註定要互相傷害。身為一個人，人類的利益就是我的正義，吸血鬼就是邪惡。我並非為自己而殺他們，而是為了整個人類，為了正義。殺死再多的無辜者，我也只能這樣做下去。縱然染盡污穢，也將施遍正義。」

太過可笑，以致於我竟啞然失笑，轉而大怒：「什麼見鬼的邏輯！你還不如老老實實說你恨殺死你家人的吸血鬼，這好歹還能讓人起些同情心！」

「你所經歷的事還太少太少。」

「照你這麼說，你該是無怨無悔地獵殺吸血鬼才對，為何這五年來都沒動靜？雖然我平時也嚴加防範，但你畢竟有能力追蹤到她！」我大聲說，「說明你也覺得自己錯了！不該獵殺無辜的吸血鬼！」

「沒錯。所以這五年來我一直沒動她，但現在我方知道我錯得有多嚴重。因為她，死去了多少人！」他恨恨地說。

「我看主謀就是你。」

「我自然知道不是我，不過也沒差別。不管這主犯是誰，他利用了04214號的唾液，利用了04214號的人偶。縱然04214號不是主犯，這個主犯定然也是因她而犯案，她就是禍源！只要她還活著，便會傷害到其他人，不管以何種形式、何種方法。尤其是你！身為吸血鬼獵人，你和她之中必有一個因另一個而死！」

「胡說八道！」我一拳打在他鼻子上。

他鼻血流出，仍然大笑：「你心裡果然明白我是對的，醒醒吧！你再怎麼生氣也改變不了命運。」

旁觀不語的「灰西裝」立即拉住我，幾個人衝了進來，我收回拳頭。

「好好！我不會打他了，別這麼緊張。我還不想弄髒我的手套。」

離開牢房，他刺耳的笑聲還在走廊裡迴盪。

我讓「灰西裝」帶我去陰暗的證物處。在那裡，我撫摸著伯雷德羅德的鎧甲和巨劍，轉頭對「灰西裝」說：「你知道他用這把劍，殺了多少無辜的吸血鬼嗎？如果你知道，就不會拉住我。」

「這世上還有無辜的吸血鬼？」「灰西裝」反問。

我冷笑一聲，離開了。

誰也沒有注意到，我把手套上沾著的伯雷德羅德的血，擦在了劍身上。

那一瞬間，劍的表面沒有變化，但我體內的亡靈對劍有了吸血鬼的反應。

父親說的沒錯，伯雷德羅德的確是用自己的血，來啟動劍中的吸血鬼。

我已經把今晚的行動告訴了伯雷德羅德，他一定會趁守衛鬆散的時候逃走。也會在崇初服下吸血鬼毒後，殺掉崇初。

誰讓崇初是吸血鬼的幫兇，而伯雷德羅德又總是自詡正義。讓他殺人絕不是什麼吸血鬼，而是他虛偽的正義。

我只要旁邊看熱鬧就可以了。

04

凌晨一點，市郊。

四周，一切都黑寂寂的，幾十個士兵埋伏在我們附近。

「如何了？」我對著領口的麥克風說。

透過左耳的耳機，一公里外，直升機上的「灰西裝」說。「一切就緒。」

攤開手掌，我注視那小小一瓶噴霧，裡面裝了一人份的吸血鬼毒，我將其扔給身邊的崇初。

崇初用一隻手接住，另一隻手拎著一個手提包。他看了看，又扔回給我。

「我不幹了。」他說。

我微微一愣。

「灰西裝」問：「你什麼意思？」

「我反悔了，鐵定會死的，我沒必要自殺吧！當然，我會兌現我的承諾，把人偶引出來。事實上，今天晚上，四個地點有四個人在攝影機的拍攝下，同一時刻服下唾液。」

說著，他從手提包裡拿電腦，打開一個國外的網址，顯示出四個視訊視窗裡的男女。

「你們該不會以為我只在這個城市裡物色目標吧！」崇初說，「這四個人都是鄰市的人，我只在另外一個普通網站用密碼和他們聯絡，所以你們一直沒有發現他們。昨天我才將他們叫來這個城市，照我預先安排好的方案行動。吸血鬼毒真是可怕的東西，犯了癮的人怕是連殺人都肯替我幹。」

「為什麼不早說！」「灰西裝」怒吼。

崇初死死地瞪住我，不說話。

我知道為什麼，他先用自己當誘餌，讓我發動人偶。四個人同時在相距甚遠的四個地方使用吸血鬼毒，我不知道人偶會在哪裡出現，無法阻止人偶。而他會在現場死死盯住我的任何異動。

他以為這樣就必然能抓到人偶。用心良苦，可惜白費力氣。這世上，根本不存在他想像中的那個人偶。算起來，伯雷德羅德該越獄了吧！不知他會去殺誰，不知他會不會被抓到。

「灰西裝」手忙腳亂地調動手下，趕往崇初說的四個地址。他急著要在半小時內完成包圍，我看不可能。他乘的直升機像無頭蒼蠅似地盤旋，這四個地址，每一個都在高樓林立的市區，就算他飛到了，也無法在附近著落。

我樂得在旁邊看著這場鬧劇，漫不經心地掃了一眼螢幕。

一個視訊視窗一顫，一個身影躍入畫面。服下吸血鬼毒的那人來不及抵抗，就被狠狠地咬住了脖子。

「出現了！」「灰西裝」大叫著。

我做不出反應，呆望著劇烈抖動的安靜畫面，耳邊彷彿傳來吮吸鮮血的聲音。

「這是……什麼東西……」我喃喃。

「當然是吸血鬼的人偶，還能是什麼。」崇初不屑一顧地說，「你被打擊得腦袋壞掉了？」

我握緊電腦，幾乎想把頭伸進去看個清楚。那個身影一直背對著我，那個背影，我彷彿在哪裡見到過。

那次與04214號出門時，在我短暫離開時，糾纏她的那個背影。怪不得我那時就覺得這個人讓我很不舒服，原來，我在很久以前就見過他，在04214號過去的巢穴中見過，那個無法喚醒的半成品人偶。

為什麼會這樣！

我不知道自己是震驚於那個人偶的甦醒，還是震驚於04214號對我隱瞞了人偶。

不，現在不是考慮這個問題的時候。絕不能讓「灰西裝」抓到這個人偶，不然04214號就死定了！

我搶過一個士兵的摩托車，衝向市區。

不知闖了多少個紅燈，我終於趕在所有人之前抵達了那個地址附近。運氣很好，這附近，有個方便戰鬥的公園。

崇初扔回給我的噴霧，我沒有扔掉，這時派上了用場。我衝進公園中間的一片草地，張開嘴，把噴霧噴進舌下。

血液沸騰了半秒左右，那一點吸血鬼毒全被我體內的屍血消滅了，但也足夠那個人偶注意到我。

半分鐘後，不遠處的樹枝無聲無息地略低了低，和一隻烏鴉停上枝頭無異。它如約而至，一雙血紅的眼睛警惕地掃過整塊草地，伸出舌頭嚐著空氣裡的味道，確認安全後，視線凝在我身上。身體削瘦，蒼白而惡臭。

砰！我對準它開了一槍。

它紅色的瞳孔猛然充大。樹影一晃，「唰」地從我眼前消失。四、五片樹葉飄落。下一秒，我的視線才追上它的身影。它已在我面前十米之外，半瞬後繞到我身後。等我回頭，它又從視野裡消失。

我的視線根本追不上它，就像笨拙地抓不住從指縫游走的小魚。它身上沒有吸血鬼的反應，我看不清它的運動軌跡。

它瞬間停下，幾乎與我鼻尖相碰，鼻子抽動著嗅著什麼，亮出糙黃的犬齒，彷彿不通人言的狼。

我當即抬手瞄準它連開數槍，射盡子槍，卻沒一發命中。它倏然消失，一股血腥味風撕裂雲般襲向我。我用盡全力，匕首抵禦住它的爪子。

哪怕它身上有一絲吸血鬼的味道就好了，我就能輕易地殺掉它。可是現在，我拼盡全部的本事，才與它打成平手。

面對吸血鬼以外的怪物，我弱得連自己都會絕望。

我一面用單手抵擋它的攻擊，一面握緊了手中的魔彈獵槍。

白銀色的槍如月光凝於掌心，槍身上顯現流動的咒文，整把槍浮出一層霧般的藍光，魔力在空無一物的彈匣裡漸漸充滿。

與它交錯的一瞬，我瞄準它頭射出金色的光彈。它回過頭，與光彈擦眉而過。隨即，它用爪子扼住我的脖子。我重重地撞上一棵樹幹，被懸空按住。

它噴著獸光的眼睛盯著我，張大嘴吐出一股腥氣，低吼著咬向我的喉嚨。下一瞬，它七竅金光迸裂，腦袋炸開，濺得我滿臉。

那是我射出的魔彈，重新折回，鑽入了它後腦。它嘴以上的部分消失了，站直不動地抽搐。

我正準備把它拖到別的地方。幾道探照燈光忽然打亮，照在我和人偶身上，使我一時睜不開眼睛。直升機的螺旋槳聲、汽車的煞車聲及人聲迅速包圍整個公園。

耳機裡傳來「灰西裝」的聲音：「幹得好，你抓住它了。戰鬥小隊已經把這周圍控制住了。」

來不及了嗎？我拼命地思索著辦法。

有辦法，我一定有辦法的！

突然，一個吸血鬼以子彈般的速度闖入我的感知範圍。

遠處傳來一串狂笑：「本大爺來了！讓開讓開讓開！」

黑色的巨劍如尋航導彈般掠過我，洞穿人偶的胸口，拖著它飛出幾十米，將它仰面砸在地上。人偶當即嘴中湧出一股血沫，灑在草叢上。

「哈哈！又見面了！」劍大笑，「咦咦！我撞上了什麼？不人不鬼的。喂喂！你是什麼東西？不像是血食者。莫非是混血種？不對，是魔導生物吧！」

人偶喉嚨底發出聲響，猛然噴出一口血，握住胸前的劍柄，緩緩拔出劍，鮮紅的血落在草上。它把劍身拉到嘴邊，張嘴猛咬。

「你！你想幹什麼！」劍大喊，「我……」劍的黑色漸漸變淡，變回一般的劍，轉眼消失在空氣。

殺死他！殺死吸血鬼！亡靈沒有因此安息。

人偶身上開始出現吸血鬼反應，彷彿食取了吸血鬼劍的靈魂，失去的腦袋扭動著重新生了出來。

我不知道發生了什麼情況，立即揮出匕首。

它猛然高高躍起，匕首砍中他左腿的脛骨，一刀斬斷。它彷彿掉落了一個無關緊要的螺絲，三肢著地，爬行動物似地轉眼消失在樹林中。

我衝入樹林，填裝子彈，甩去左手的手套，露出對付吸血鬼的咒紋。樹林中，「灰西裝」的手下爆起連串的槍聲。

片刻後便戛然掐斷。夜風中，吹來一陣帶血腥味的火藥味。

吸血鬼停止了移動，彷彿在等我。我放慢腳步，緩緩穿過樹林。

它坐在一具屍體上，手中玩弄著一把步槍，剛被打斷的左腳已完好無損。血紅的眼睛中不再有野獸的神色，全然優雅淡然的眼神，注視著我，感覺和誰很像。

它咳嗽一聲，似乎還不太習慣喉嚨的用法，「初次見面，請你容我為你獻上──」它露出完全可以用作禮儀範本的完美笑臉，「最完美的噩夢。」

我想起來它像誰了。眼前的這個人偶從舉止到笑容，不正是在模仿04214號嗎？

我可以輕易地殺掉他，但「灰西裝」的包圍圈已經完成，我沒辦法當著這麼多人的面毀屍滅跡。

我故意露出了一個破綻。

一秒間，我的肩、肘、腕、指、膝、踝，被它用手中槍托乾淨俐落地悉數砸斷。我留心沒讓它給我留下外傷，亡靈的血全力修復。

我的身體隨即凍結，彷彿失去線的木偶般趴倒。

「真是抱歉，不這麼做你不會聽話。」他歉然地微笑，「不過別沮喪，夜還長得很，足夠你做一個夢。」

「你想怎麼樣？」

「噓……」他左手豎起食指，湊在唇邊做了個噤聲的手勢，右手高舉起槍托，以我能看清的速度，緩緩砸落。

我希望「灰西裝」是個真正的好人，就算吸血鬼把一貫討他厭的我當作人質，他也不會下令開火，讓吸血鬼突圍。

後腦一痛，彷彿敲開了一個洞，我的意識自洞中陷落無底的深淵。

殺了他！殺了吸血鬼！殺了他！……

亡靈把我身體的各部件吵醒了。

霉爛的紙味、陳腐的血腥味及鐵的鏽味最先把鼻子喚醒。接著醒來的是眼睛，它漫無目的地掃過整個房間，忠實地將看到的一切送進大腦。於是大腦被迫運轉。

房間裡周圍放著一排排書——全部都關於吸血鬼和獵人，而我躺在房間正中，手術用的無影燈直照住我，卻並不晃眼。天花板及牆壁上一片片黑綠的霉斑，不遠處滿是灰塵的不銹鋼架子上擺著鏽爛積灰的手術用具，及我的武器和隨身物品。

當年，我綁架崇初、安置人偶的地方，就是這裡。

我試著動了動折斷的手指，果然動不得。我脊椎用力，稍仰起頭。我對面是一扇生銹的鐵門。

「喂！」我喊了一聲。

門立即開啟，吸血鬼掛著滿面微笑走進來。

「餓嗎？」它攤開手，左手是一塊霉了五年左右、不成形狀的綠皮，右手是一隻嘴角淌著血、剛被捏死的老鼠。「你想吃哪個？」

「我暫時還不餓。」

他眼睛遺憾地一暗，隨即又想起什麼似地亮起，掬來一捧浮著死蒼蠅的黑水。

「喝水嗎？」

「不。」我嘶了嘶充滿乾腥味的喉嚨。

它失望地放低手掌，讓黑水沿指尖流下，目光定定地注視著水流落地，然後甩甩手，坐到不銹鋼架子上。

「你知道嗎？」它臉上掛起挑不出缺陷的端正笑容，「你身上有某種讓我感到親切的氣味。我還是頭一次對人類有這種感覺。」

「該怎麼說呢？」它從旁邊的書架裡面挑出一本，翻到某一頁開始唸，「那是屬於出生前的記憶，熟悉而親切，類同於羊水的味道。」

它合上書，歉然而笑，「真是不好意思，語言是種很奇妙的東西，我常常想不起應該說什麼。看來我記性很差，才會忘記許多事。」

它居然還記得我的氣味。

我說：「想和我聊聊你的事嗎？」

亡靈屍血在我身體內沸騰，加速骨頭斷處的再生。就算我四肢不能動，殺了這個吸血鬼也不過是眨眨眼的工夫。

吸血鬼不負所望地把我帶到了這個無人知曉的地方，殺人滅口太簡單了。我不用急，對於它的事，我多少有點好奇。

「出生前的事，我記得不很清楚，幾乎是一無所知，就像是沉在黑沉沉的海底一樣。話雖如此，我根本沒有看見過海，只在書上聽說過，大概也是生前的記憶吧！我一直沉在黑暗裡，然後某一天，頭頂上出現了光，一幅影像出現在我眼前。」他再度一笑，走到另一處書架裡，抽出書，拿出夾在裡面的一張紙。

它的笑容讓我想到劇場裡栩栩如生的笑臉面具，我更加強烈地感覺到它在模仿04214號。

「看，這是我剛不久畫的。」它把紙遞到我眼前。那是一幅拙劣的畫，彷彿三歲孩子畫的。用血畫的，依稀可以看出是一個被分成七塊的人，看不出性別。它撫摸紙表面，手指先是點在左手上，然後移到右腳，沿著左腳、右手的順序轉一圈後是軀幹，最後手指停在死者的臉上。

「一個死去的、分成七塊的女人。這是我出生前看到的、唯一鮮明的東西。一看見這個東西，我的身體就開始不由自主地從海底浮起。我醒來了，我誕生了！」

它手心向上，像戲劇演員向觀眾示意般，揮手掃過整個房間。

它在第一次凶案後醒來。

「那時的我不知時間、不知空間，以為這個房間就是整個世界。那個死去的女人時時在我眼前浮動。緊接著，我餓了。那種感覺，彷彿身體裡有張嘴，從身體內部吞食我。我全然不懂該怎麼辦，眼看就要餓死時，外面傳來了呼喚的聲音。現在回想起來，那是心跳的聲音、血流的聲音、呼吸的聲音。我開啟門——奇怪的是我居然懂開門，第一次走到外面的星空下。然後的一切全照本能，等我稍微清醒時，嘴中正咬著一個男人的喉嚨，他的血源源不斷地流進我身體。不僅是血，還有知識、思想、感情，隨著血一同進入我的身體。」

我服用了吸血鬼唾液的第二個受害者。

「你不僅吸了血，還能汲取知識？」我微微一驚，從沒聽說過這種事。

「正是如此。」它笑了，彷彿不懂擺出其他的表情。「那一刻我脫離了嬰兒期，進入兒童期。我吸完血，不知該怎麼處理男人的乾屍，於是就切成七塊，從大樓頂撒了下去。那個騎士此刻出現了。」

它拿出另一幅畫，依舊是血畫的，依稀是馬的四足生物背上背著一個人形生物，人形生物手中多半是把劍。

「他的身上，和你一樣，同樣有讓人熟悉的氣味。不過和你的不同，有些討厭。我便離開了。我不知該去哪裡，吃飽了，也不想再吃什麼，在街上遊蕩了一陣便回到這房間，發現自己能看懂文字，便花了整天時間在這些書上。書拓展了我的世界，使我不可自拔，幾乎忘記飢餓。」

它愛看書，和她很像。

「於是我知道了，我是一個吸血鬼。」它語氣自豪，「夜之貴族、優雅、高貴、超凡脫俗……而那個騎士是吸血鬼獵人，我們這一族宿命的敵人、悲劇性的、救贖意味十足。」

它忘情地背誦起小說裡的臺詞，「永生永世，我們的命運只將歸於兩種。或是你的劍刺穿我的心臟，或是我的牙齒咬透你的喉嚨。」

它沉醉地說：「這東西實在讓人著迷，不是嗎？中世紀的古堡、陰暗的教堂墓地、至死不渝的仇恨、黑與紅的血、十字架與棺材，哥德式的黑色浪漫。」

迷戀吸血鬼小說的吸血鬼，真是不同凡響。

「我多少能理解你的心情，不過，還是轉回說你自己的事吧！」我說。

「對對。接下來的一天，不知為何，我比往日更加乾渴。我依照書裡的描寫，擄走一個人。依照規矩，吸血鬼應該隱藏自己的蹤跡，所以我把他帶到偏僻的地方，吸乾，然後切成七塊。這時，媽媽出現了。是的，我知道的，雖然是頭一次看見她，但她確實是我的媽媽。她和騎士有同樣親切的氣味。」

我心裡猛一震，立即問：「誰？你的媽媽是誰？長什麼樣？」

它遞給我畫，上面畫著一個歪歪扭扭的人，長髮，穿著裙子。「她美麗極了，比任何語言所描寫得都要美上一千倍。我想呼喚她，但不知道為什麼，就是開不了口。喉嚨裡只能發出野獸一樣的低叫。那時，我才發現自己的表情也好、語言也好根本不受控制。我心裡難受得簡直要暈過去。我無法表示自己的感情，根本就是殘缺不全的東西。現在不一樣了。」

它拍拍自己的臉頰，臉上掛著矯揉造作的微笑。

「那時，我跪在她面前，抱住她的腿，她溫柔地用右手摸著我的頭，微笑著對我說：『對不起，你只是個錯誤。』另一隻手捏住我的喉嚨，開始唸咒語。她想殺我。我不明白我做錯了什麼，她要殺我。我本能地用力推開她，她似乎受了傷，行動不太方便，我才得以逃走。」

「回到家，我才想明白。一定是因為我殘缺不全，媽媽才會丟棄我。」它笑著說，「因為我是殘次品，所以才該被清除。只要我能變成完美無缺的吸血鬼，媽媽就會認可我，不再會殺我。我需吸血，直到填滿我身上的空缺。」

「接下去的兩天，媽媽一直在找我，我知道的。她同樣也能聽見我所聽見的聲音，在那些食物邊等著我來。她的傷不知為何越來越重，幾次都讓我逃掉了。到最後一次獵食，我甚至沒有見到她人影。我不禁為她擔心起來。」

「前天，忽然間所有的聲音都聚集在了一起。我想過去一看究竟。半路上，卻有另一種聲音把我呼喚到了一間房間裡。是媽媽，這次是完完整整的、不少一塊的媽媽。我感覺到她餓了，抓了一個人類去見她。可是她依然要殺我，完全不是對手，連逃都逃不掉，幾乎以為就要死了。是你救了我一命。」

「我救了你？」

「就在我被逼到走投無路的時候，你的直升機來了，朝我射出子彈。她馬上住手了，讓我得以逃脫。現在想來，媽媽一定不希望你見她殺我，所以才假裝成沒事。後來，我又在街上遇到媽媽。如果不是你來，我就一定會被殺掉的。我應該感謝你。」

「她一直想殺你，你卻一直去見她？」我問。

「因為，她是媽媽啊！」它笑笑，「我們說到哪兒了？對，昨天，你把我引來了。那把會說話的劍根本瞧不起我，而且它還帶著媽媽的味道。那時候我什麼也不知道，就狠狠地咬住那把劍，吸去它的血。」

「這血與人類的血味道斷然不同，迅速填滿我心中的空缺。那一刻，我彷彿從夢中醒來那樣，成為完整的吸血鬼。我能夠說話、能夠做出表情、能夠表達自己的思想。我第一個學會的表情就是微笑。怎麼樣，很完美吧！現在，我已經是個完全的吸血鬼了吧？媽媽會接受我了吧！」

它用食指牽起嘴角，將臉定型成無可指責的微笑，與04214號的微笑毫髮不爽，猶如工廠中大量生產出的。

「我想，她要殺你，和你像不像沒有關係。而是因為你這個失敗的人偶就該老實點睡覺，不該醒的。」

「不對！我是榮耀的吸血鬼！」它指著我，「而你！是我的宿敵吸血鬼獵人！就像那個騎士一樣。就算你說不出『黑夜的貴族，今夜是你永遠長眠的日子那樣的臺詞』，至少也該像那騎士一樣，說『我以正義之名誅討你』。」

「不，我不是吸血鬼獵人，只是個管理員。」

「管理員？」它笑著掃了一眼滿屋的書，「是什麼東西？我沒在書裡看見過。」

我忽然一陣無力，我和這麼一個壞掉的人偶有什麼可說的。

我弓起背，一躍下床，左手一把抓住它的臉。十幾種魔法立即起效，它無法動一根手指，蒼白的臉漸漸變紅，我的手掌下滲出了它的血。

「這是什麼……」它艱難地微笑。

「一些已經過時的小戲法，對付你這種新生的吸血鬼，綽綽有餘。」

大概再過三分鐘左右，它的血就會被我抽乾。等到白天把它往外面一扔，一切都解決了。

就在此時，地面猛然一震。

耳機傳來「灰西裝」的聲音，「我們準備炸了，你小心點。」

我都忘記耳朵裡還有這個東西，失聲大叫：「你們怎麼找來了！」

「當然是順著你耳機的信號。」

「別看他現在說得這麼理所當然。」崇初的聲音傳進來，「剛剛他可急得要下令開火，沒我的阻止，你早就和吸血鬼相親相愛地去死了。你可要記得我恩情啊！」

早知道我先就把耳機踩碎了！火，這裡有沒有火？一定有魔法可以把吸血鬼燒成灰的，讓我好好想想！

不管什麼樣的辦法，都來不及了。

我甩手把吸血鬼扔了出去，它不明就裡地微笑看了看我，逃出了門。

「不准逃！你怎麼……啊！」我一拳把自己打得頸骨折斷，倒在地上。「混、混蛋……不……不准……」

「怎麼了！發生什麼事了！」「灰西裝」說。

「糟糕……它……逃走了……」

「你是白癡嗎？」崇初說。

直到亡靈平息了聲音，我才安下心，那個對04214號不利的傢伙終於平安逃走了。

房頂被爆炸的氣浪掀飛，「灰西裝」跳下來，看著脖子折斷的我，不知該責備還是同情。

「抱歉……我沒有抓住它……」我搶先說。

崇初的腦袋從外面探進來，我不想和他說話，他卻開口說：「剛剛我們都聽見了，看來那個人偶是以自己的意志在殺人，和04214號無關。可惜人偶從你手裡逃了，不然或許就可以證明她的清白了吧！」

我沒有想到過。

「可喜可賀，透過這次失敗，你已經證明了你比原生動物更低等，真是進化史上的活化石。」崇初臉上滿滿的譏笑。

在聽人偶敘述的時候，我始終都覺得，人偶的甦醒並非和04214號無關。

我想起了她在我家中度過的那一天，她被吸血衝動折磨的樣子。

如果在地下室，她每一個白日都像那樣在吸血的夢中度過，只有靠咬假人排遣衝動。那麼，她喚醒人偶，讓它去吸血，也不足為奇。把這個人偶抓到她面前，只會曝露她心底的秘密，讓她難堪，揭穿她的罪行。我想包庇她，放走了那個人偶。

一定是剛剛被血中的亡靈干擾了判斷，我只能得出這樣的結論，她畢竟是個吸血鬼。

05

「灰西裝」、崇初和我齊聚在牢房裡，對04214號進行最後一次訊問。

「結束後，我們就可以回家了。」我心情輕鬆地對04214號說，「住在這種地方，真是委屈妳了。」

她沒有露出預想中的笑容，而是像雪般冷淡地回答：「也還好。」

她如此反應，是在為人偶發愁嗎？

人偶的證詞多少證明了04214號的清白，越獄的伯雷德羅德成了最可疑的犯人。「灰西裝」懷疑他的越獄和我有關，但找不出動機和證據。

「我是魔法師、煉金術師，擅長的領域是生命創造及靈魂魔法。它是我巔峰時期的作品，全自動吸血人偶試作型七十六號，可以說是我的複製品。擁有極高的智慧，能夠從血中汲取知識、感情。我希望能經由血液混雜，使它獲得全體生命體的思想。」

她說，「不過也沒意義了，反正也失敗了，完成之初就沒有啟動成功過。失敗的原因，我想因為是那孩子不認為自己應該活下去，沒有求生的意志。它不是一般的人偶，如果它不強烈地想甦醒，就不會醒。」

「可是它現在醒了，妳怎麼解釋。」「灰西裝」說。

「吸血鬼都有吸血衝動。你知道的。五年來，我一直以為壓抑得很完美，偶爾實在忍不住時，就咬咬人偶。」

她注視著我，我不明就裡地心慌。

「直到那一天，你來找我，給我看了那張被吸乾血、分割成七塊的女孩的照片。我潛意識的天性難以壓抑，太過強烈，傳達到了與我心靈相通的它身上，令它有了活下去的慾望，所以它醒了。」

我說不出話，半句都說不出。崇初在旁邊大力鼓掌，縱聲大笑。我沒心情和他計較，情不自禁地也想慘笑。

我不知道會是這樣，我從沒想過。

我沒命令過我的父親在殺人時做這種事，是他擅自這麼做的。

「我知道你在想什麼。」父親在我腦子裡說，「是我隨手幹的，但我可沒料到，你就這麼大大咧咧地拿著照片去刺激吸血鬼。」

我安慰自己，這只是一個意外。

「我想這是一個意外，是命運，是天數。」她緩緩說，「我被保護在地下室裡，魔法屏障本應該阻止我與它的聯繫的。過去五年來都沒出過問題，但那天不知怎麼回事，防禦系統卻沒有發揮作用。」

我腦海一片空白。

沒有發揮作用的原因很簡單，我在拜訪她之前，就用伯雷德羅德的手法將之破壞掉了。本只想減少讓伯雷德羅德殺她的難度，卻沒料到，會引發這種效果。

所以，至今發生一切，本不會發生。

全都是……我的錯……

「人偶不需要表情、不需要表達自己，人偶是製作者的複製品，沒有生命的人偶再完美都無法取代製作者。而血即是生命，製造人偶最禁忌的事就是賦予它製作者的血。在製作時，我故意使它有所殘缺。」

「伯雷德羅德的魔劍——科萊陽．蘇德里曼．亞伯七世。當年它砍中我的身體時，就能記住我的血。當人偶吸取了劍上和我同質的血之後，自動修補了我留下的殘缺。它不再是人偶，而是和我幾乎一模一樣的存在。它是個真正的吸血鬼了。」

放走伯雷德羅德的人，也是我。

我沒辦法面對她的臉了。

「所以妳早知道受害者了，為什麼不告訴我們！」「灰西裝」一拍桌子。

她長長嘆息：「我只知道受害人的存在，無法查覺兇手。它是完美的全自動人偶，脫離我的控制。失蹤的那幾天，我打算自己解決這件事。我自己分解了寄來，每隔一段時間寄一塊。順便把調查到的線索利用寄件地址傳達給你們。」

「所以妳才會在凶案現場遇上它，遺留下指甲。」「灰西裝」說，「為什麼沒殺它。」

「它畢竟是我的孩子，我下不了手。它只是個人偶，不可能散布『標記』。有人在幕後操縱著這一切，不找出這主使我不能安心。現在看來，那個主使就是伯雷德羅德。」

我心一顫，彷彿身體裡失去了什麼東西。此刻她恰好看向我，抱住手臂：「你知不知道，當我待在地下，忽然發現城市裡有帶有我的『標記』的人類，是什麼樣的心情？不寒而慄、不知所措，彷彿有什麼東西在暗處看著我，空氣裡充滿著冷冷的惡意。」

我心底發冷。

她平靜地注視著我。

空氣凝固。

所幸，「灰西裝」開口了：「那妳有辦法找到那個人偶嗎？」

「沒問題。」她說。

「那麼，明天行動，這次一定要把它抓住。我還有些準備工作要做，就這樣吧！你們先回家去。」

「不。」她緩慢而堅決地搖頭，「我暫時就住在這裡吧！」

「為什麼！」我跳了起來。

「因為，住在這裡，至少能讓我很安心。」

她這話是什麼意思？我不明白。

我不願明白。

「隨便你們商量去，我還有事要忙。」

「灰西裝」說完離開了，崇初對我冷笑兩聲，起身跟上。只留下我們兩個人，我走到她面前，試圖牽起她的手。

「我們回去吧！」我笑了，笑得連我自己都覺得勉強。

她揚起手，一巴掌硬生生印在我臉上。

「妳……」我摸著臉退開幾步，愕然看著她。我分明能躲開的，但當手掌揮下的那一刻，竟不能動彈半分。

她再度揚手，望著我的眼睛，手顫抖猶豫了幾秒，最終還是緩緩放下。紅色的眼睛裡隱隱有淚光在打轉，她閉上眼。

「你一直想殺我，對不對？」

我落入深淵般一陣暈眩，若非及時扶住身邊的椅子便會就此倒下。

她終究還是知道了。

「你製造吸血鬼凶案，引誘伯雷德羅德襲擊我，將凶案的線索引到我身上，試圖誣陷我。是你，全是你。」

「這些……都是過去的事了，我已經悔改了。我發誓不會再殺妳了，難道妳還看不出我為了救妳，做了多少事嗎？」我虛弱地辯駁。

她的回答，卻讓我震驚了。

「我寧可你不想救我。」她說，「就如我血脈中的吸血衝動，你血脈中也一定有自吸血鬼獵人家族繼承而來的獵殺衝動。我們終究是要互相傷害，這是宿命。」

「不……不是這樣的……」

她極其罕見地怒喊：「那你就光明正大地動手啊！像個男人一樣，來挑戰我！殺死我！這是我們之間的戰鬥，是獵人與吸血鬼之間的宿怨，為什麼要連累無辜的人！」

「因為你，有多少人死去？有多少人被傷害？你親手殺死的、你間接殺死的、你親手殘害的、你間接殘害的，有多少人！假如你真心想彌補罪過，為什麼不自首？我所看到的，只有你在掩飾自己的罪過，並為此不斷地增添新的罪孽！」

「不，不是這樣，我真的是想救妳……」我無力地說。

「那麼，我問你，為什麼要殺死他。」

她說出一個我完全沒有印象的名字。無論我怎麼濾過腦海，都找不到。

「你連自己殺的人都不記得了嗎？」她眼神犀利地看著我。

「他是你第一起案件的倖存者，目擊了案件的全過程。然而他被你殺了，他一見到你的臉，就回憶起那一夜的事，驚嚇而死。你只是為了保全自己，而殺了他！不要拿我來做擋箭牌！我不是你殺人的理由！」

我依然想不起她說的那個人是什麼模樣，只是隱約記得有這麼一件事。我殺死這麼一個人，就和踩死一隻螞蟻一樣。我想不到這竟成為了她怒斥我的理由。

她怎麼會這麼清楚。

「誰告訴妳這件事的？」

她沒有回答，但我已經明白了，難以自控地咬緊牙，擠出一個名字。

「崇初……」

「對，他告訴了我你做的一切，我無法想像，你居然會對一個十歲的孩子做出那樣的事。」

她看著我，彷彿我是污穢的蟲子。

她一定也無法想像，我從出生那一刻起，所經歷的折磨，更殘酷百萬倍！

她知道了我做的一切，她只知道這些！

她不知道我需要多強的意志，才能在她面前控制住自己。她不知道我血中的亡靈正瘋狂地咆哮，把一千年的憎恨灌入我腦海。她不知道血液燃燒著我的心，讓我無時無刻不如同置身地獄的岩漿。她不知道我的靈魂被拖下亡靈的深淵，我終將沉淪於瘋狂的夢境。

這些，她都不知道！

更不知道，我有多喜歡看她的笑容，為守護這份笑容，可以獻出生命！

我微張嘴，想說出自己的心聲。

「不要再說什麼守護我，拯救我的話了。」她一如往常那樣看透了我心思，「你想救的唯一一個人，只是你自己。」

我腦海瞬間一片空白，眼睜睜地看著她緩步走到門旁，身體被荊棘纏住似地動彈不得。

她開啟門，腳步停下，回身凝望我，目光中帶著幾分自嘲地絕望。

「我曾經以為……算了，算我自作多情。」

旋即，她頭也不回地走了。

我無力地滑坐到椅子，思緒化作一望無際的坦蕩海面，平靜得異常。我凝視自己顏色相異的雙手，反覆回想她說的話。

我只想救自己？

我甘願冒被亡靈逼瘋的危險，忍受刻骨銘心的痛苦，只是想救自己？

她根本不懂！我若是想救自己，還有比這更容易的事嗎？

我倒在地上，家族的遺傳病又一次發作，使我失去了意識。

聽，亡靈正在大喊大鬧，像磨礪刀劍般刮輾我的身體。

殺了她！殺了她！殺了她！……

我的先祖們啊！就這麼想狂歡嗎？

6.

獵戮之血

01

五年前，依稀是個夏夜。月光在父親的臉上投出濃濃的影子，黑色稠重的影子。我覺得那不是陰影，是血。

「從小看你長大，我一直都知道，你是個膽小又無能的孩子。但是，一旦把你逼到絕路上了，不管什麼樣的事都做得出來。」

他捂著額頭，不怒反笑。

「不過，我倒是萬萬沒想到，你居然在背後對著我的腦袋開槍。」

我的手抖得握不住槍，心虛地大叫：「誰叫你根本不聽我的話！我叫你別再誅殺……別再盜獵吸血鬼了！讓你放下武器，為什麼你就不聽！我只能開槍阻止你。」

剛剛，九虹蛇如約出現了，救走了瀕死的吸血鬼。伯雷德羅德一馬當先地追了過去，父親想跟上去的時候，我開槍了。

「你錯了。」他說。

「我沒有錯！錯的是你們，現在已經不是吸血鬼獵人的時代了！我們不該獵殺吸血鬼，應該保護他們！」

「我教了你多少次，心臟最致命，你居然還對著我的腦袋開槍？我怎麼養出你這種笨蛋兒子的！」

他扯開衣服，露出一身的肌肉，以及佈滿全身的魔紋，森然笑著握住我手中的槍，抵住他的心口。

「開槍啊！都這麼近了，你還瞄不準？」

那一刻，我覺得自己靈魂離體，彷彿已經死了。閉緊眼睛，扣下了手指。

槍的響聲，聽起來那麼遙遠。

良久，我睜開眼。父親好端端地站在那裡，毫髮無傷。仔細看，剛剛額頭中槍的地方，同樣沒有傷口。

「現在我教你一個小常識。心智正常的魔法用在創造一個魔法以及武器時，只要有能力，都會設定一個例外法則，不會被自己的造物傷害。」他說。

說完，他輕輕一拿，我不由自主地把槍還給了他。

他用槍頂住我的腦門。

我從脊椎升起一股戰慄，我不在槍的例外之中，會被他殺掉！

「你以為傷到我，就大錯特錯了。」他收起槍，轉身走了。

或許他指的是槍，但當時我分明覺得他是在說我。

我贏不了他，永遠贏不了他。

因為，我也是他的造物。

他抽乾我的血，扒下我的皮，組裝零件一般把我的身體搞得亂七八糟，把我打造成獵殺吸血鬼的武器，就像他製造出的槍和匕首。

我沒有自己的意志，沒有自己的目標，只要聽著他的話去做就可以了。沒有問的權利，天才的他遠非我這樣的廢物能理解。就算他錯了，我依然要跟著他錯下去。

我一輩子都是他的工具、他的作品。而且是，讓他大失所望的失敗品！

看著他的背影，這一生我都追不上的背影。我心底猛騰起一股憎恨，凝聚了有生以來全部的仇怨，赤手刺透了他的背，握住了他的心臟！

我被巨大的泵抽乾血，他在我的舌頭下壓了一粒軟糖，就像此刻蜷縮的心臟一樣柔軟。

我左手的皮膚被扒下，他將剛從自己左手除下的魔紋屍皮蓋在我的手臂上，就像此刻跳動的心臟一樣滾熱。

我被割得血流滿地，被逼吃屍體的腐肉，被逼殺掉一般人，經歷種種非人的折磨。那些時候，他在我耳邊吐出不可抗拒的聲音，就像此刻碎裂的心臟一樣清亮。

「我沒有錯！我沒有錯！我沒有錯！……」

我的喉嚨彷彿吼出染黑這個世界的血。

父親轉過頭，我以為會看見一張暴怒的表情，他卻是一臉淡淡的欣慰。

「我錯了，我一直以為，在活著的時候看不到你贏我一次了。錯，也不錯。」

他向前撲倒，把破碎的心留在我手中。

直到他的亡靈在我血中低語，我依然不敢相信。我的父親，最強的吸血鬼獵人，我的家族有史以來最頂峰的天才，被我這個不成器的庸人隨隨便便殺掉了。

我握緊了手中的心臟。

吸血鬼獵人的時代已經終結了，那時我以為我殺死了父親，也就告別了那個時代，告別了殺戮和血腥。

我當上吸血鬼管理員，準備邁向一個全新的世紀，來自過去世界的亡靈卻牢牢地抱緊我的腿，想把我拖入沉淪。

我只是一個庸人，卻只有和整個世界為敵才能活下去。不管付出什麼樣的代價，不管犯下多嚴重的罪行，我都要活下去。

我沒有錯。

02

我好久沒去廣場餵鴿子了，牠們竟還能認出我，聚到我身邊。我懶洋洋地躺在廣場的長椅上，閉目曬太陽。

他們在商量抓捕人偶的行動，我不想參與，我不知道怎麼面對04214號。

忽然一暗，彷彿天空烏雲密布。

「讓開，你擋著太陽了。」我閉著眼睛說。

「你從來都在黑暗中，什麼時候被光芒照到過？」伯雷德羅德說。

我語塞了片刻。「你不趕緊逃命，還有閒情到處閒晃？」

等到抓住了那個人偶，04214號就沒事了。而我離開了這個城市，犯下的罪就會被埋沒。只有伯雷德羅德，襲擊了吸血鬼，並被懷疑是一連串凶案的幕後主使，成了通緝犯。

「今天晚上，你們就要去抓捕那個人偶了吧！」

「有這種事嗎？我不知道。」我心裡微微一驚，這次行動本該是絕密的。

「是個叫崇初的孩子告訴我的。」

我猛然睜開了眼睛。

「看來那孩子沒有騙我。雖然他一度當過吸血鬼的幫兇，但畢竟還是個孩子，可以給他改過自新的機會。」

崇初又有什麼陰謀了？只是為了讓伯雷德羅德殺掉04214號？不，不會那麼簡單。

「是又怎麼樣？你要來殺吸血鬼嗎？你要是喜歡直接衝進我們的伏擊圈裡，隨你意。」

「所以，我要你幫我。」

我忍不住指著他的鼻子大笑。「你被關了太久，腦子不正常了嗎？」

「你會幫我的，就像你幫我越獄那樣。」

「你可別亂說話，我什麼時候幫你越過獄。」

他不知道哪裡來的自信：「你會幫我的，其實你也想殺掉那個吸血鬼，我知道的。」

我忽然想起一件事，問他：「那個人偶呢？你打算怎麼辦？」

「我管什麼人偶，我當然是要殺了那個吸血鬼。」

「原來如此。」我坐起身，「那我就小小地幫你一下吧！」

我還有最後一件事，可以為04214號做。

伯雷德羅德走後，我打了通電話給上司：「這次任務結束後，我要辭職，好好休息一下。」

「死了以後，不是有的是時間休息嗎？」她不滿地說，「好吧！雖然說這邊缺人手，雖然說我每天忙得要死，雖然說我恨不得把死人也叫起來幹活。但你儘管走吧！」

04214號會由另一個我不認識的人接手，居住在我不知道的地方，過著我無從知曉的生活。而我的未來也一片未知。

不，不是未知，我應該會瘋、會死掉吧！

而且，死去之後，我的靈魂也會與先祖的亡靈們同在，沒有一刻安寧。

夜晚的市郊，隱約還能聽見附近樹林的蟲鳴。一大片草地中央，04214號凝立良久，忽轉身望向遠端。

蟲鳴聲停止了。林間的薄霧中，漸漸浮現出一個身影。齊肩的長髮，白色的長裙，眼波流動的紅色眼睛，鮮紅柔軟的嘴唇抿出無可挑剔的嫵媚笑容。它儼然是另一個04214號。

「是女的？」「灰西裝」問。

「嚴格地說，它是無性的。」她淡淡回答。

「媽媽。」他捏了捏喉嚨，咳嗽一聲，瞬地變成04214號的聲音。笑著說：「妳看看，我和妳一模一樣了。」

幾道光柱打在他身上，「灰西裝」對著他喊話：「你已經被包圍了，立即投降！」

「你們是吸血鬼獵人?感覺好像並不強啊！」它笑著，九十度歪過頭，兩隻眼睛的焦點分別落在空中的「灰西裝」和地面的04214號身上，彷彿某種蜥蜴。

「媽媽？」

「過來。」她目光中有秋葉落下時的哀傷，抬起手。

它笑著，走近半跪下握住她的手，貼在臉頰上。她看著它，柔聲說：「對不起，你的出生就是一個錯誤。」

它的笑容一僵，彷彿橡膠融化般崩潰了，慘叫：「我到底哪裡還做得不夠好？我明明已經很努力地想成為像妳一樣的吸血鬼！究竟哪裡還不像！」它手忙腳亂地捧住自己的臉，用手指牽著嘴角，盡力想擺出一個笑容，卻怎麼也不成形。

她環手抱住它，湊在它耳邊，溫柔地說：「我明白你在追尋什麼，然而你追尋的東西已經不存在了。你再怎麼樣也成不了你心目中的那種吸血鬼，永遠不能。世界變了，永不復返。你明白嗎？」

「我不明白……」它低聲說，埋進她的懷裡，手攀住她的背，「我不明白，既然不需要我，為什麼誕生我？既然我不能成為吸血鬼，為什麼卻要使我生而成為吸血鬼。」

「這就是錯誤所在。吸血鬼、吸血鬼獵人……諸如此類，明明這個世界已經不再需要這些東西，卻仍不斷有人去追尋、不斷出現。」她摸著它的頭髮，「你為什麼不繼續沉睡呢？這個世界不值得你留戀。」

他們的一舉一動，我在高空的直升機上看得一清二楚。

當我說必須保護人偶、不能開火時，「灰西裝」無法理解地大吼：「明明它殺了許多人，不是已經違反公約了嗎？為什麼還要保護它！」

「它吸血的時候，還只是人偶，不受公約約束。而變成吸血鬼之後，它還沒吸過人血，必須受公約保護。」我回答。

「灰西裝」無言以對，一怒之下不願和我同乘一架直升機，和04214號一起在地面伏擊。

「以後要是我殺了人，一定請你當我的律師。」崇初嘲諷地鼓掌。

比起當他的律師，我對當他的處刑人更感興趣。

我選中的這個孩子此刻就坐在我身邊，興致勃勃地拿著望遠鏡四處張望，半個身體探出了機艙。只需要半秒鐘的空檔，我就能把他推下去，算作意外。

我剛要動手，直升機忽然一震，崇初就勢倒在我懷裡，仰頭看著我，讓人不舒服的笑容。

「危險危險，剛剛看得太出神了，要是別人輕輕碰我一下，我就會摔死。真是可怕。不過，有你在，我不用擔心別人碰我。」

我咬緊牙，壓著聲音說：「你說的對。有我在，還會有誰碰你。」

他乾笑兩聲，乾脆坐在我腿上，不下來了。

我低聲附耳對他說：「我已經看透你的陰謀了。」

「哦？」他的嘴角揚起尖銳的笑意，「我又怎麼了？」

「你會讓吸血鬼和人偶調包，然後讓不明真相的伯雷德羅德殺掉人偶，以為是殺掉了吸血鬼，吸血鬼趁機逃走。」

他輕輕吐出一句話：「那不是很好嗎？」

「你才沒有安著好心，你一定會舉報她。受保護的吸血鬼一旦逃走就是死罪，你想藉此陷害她。」

「真傷心，原來，你一直把我當成這種人。」

「我會阻止你的。」

「我相信，你在搞砸事情上，有著令人嘆為觀止的本事。」

直升機又是一震，我正想趁機把他扔下去，他忽然喊：「伯雷德羅德來了！」

我的神經立即緊繃了。遠方的一個銀點逼近。伏擊的槍聲齊鳴，伯雷德羅德的盔甲上下爆出火花，無法靠近。

我用擴音器大喊：「伯雷德羅德，你已經被捕了，立即放下武器！」

我真不知道他為什麼會這麼簡單地相信我會幫他。背叛和欺騙，對我來說是家常便飯。只要殺了他，把兩個吸血鬼都保下來，就能阻止崇初的任何計畫。

一分神，我沒聽見04214號對人偶說了什麼。

就聽見它突然一聲厲叫：「我沒有錯！」

緊抱住它的04214號，眼睛瞬地充大，用力掙扎踢開它。她的喉嚨口有咬痕，旋即又自癒。

他在地上翻滾了幾個跟斗，仰面停住，吮著手指，將滿手的血舔得一乾二淨。隨即它身體一震，張開雙臂，痛苦地大叫。有光從它的喉嚨口冒出來。

「我沒有錯！我沒有錯！」

我微微有些暈眩，那個夜晚，殺死了父親的我，也是像它一樣哀嚎的嗎？

04214號用力揮手。

「快散開！它承受不了從我這裡吸取的力量，要爆炸了！」

「我沒有錯！我沒有錯！我沒有錯！」……

04214號抱住它，在一片槍聲中，她聲音若隱若現，彷彿稀釋在水中。

白光一現即逝，彷彿吸走了天地間的光芒，瞬間陷入一片漆黑。

轟！

我被從直升機上震飛，摔得失去知覺。

我幾乎是被「灰西裝」的大嗓門吵醒的。

「別愣著！封鎖道路，救助傷患，清理屍體，全都給我動起來！」頭上纏著繃帶的「灰西裝」嚷道。

我所乘坐的直升機墜毀了，變成一團燃燒的鋼鐵。如果我沒掉下來，一定會死在裡面。

崇初下落不明，不管是在機艙裡還是墜落了，恐怕都很難活著了。伯雷德羅德也不知去向。

爆炸中心，一個十米的坑。她面無表情地坐在旁邊，衣裙上滿是泥土，破破爛爛。巨大的氣浪打昏了所有人，聽說她第一個醒來，救活了好多重傷的人。

「沒事吧！」我問。

「我不想待在這裡了，帶我回去。」

「去哪裡？」

「這五年來我一直住著的那個地方。」

「為什麼？」

她轉頭拉住路過的一個傷患。「帶我回去。」

那人緊張地看著她。

「跟我來吧！」我說。

回去的路上，我無論問她什麼，她都一言不發，呆望著窗外，彷彿我不存在。到了分部，我停下，等著她下車，她卻遲遲沒有動靜，表情像是空蕩蕩的山谷。

「妳真的沒事？」

她展出最熟悉的笑容，打開車門走了出去。

一切都和幾天前沒有兩樣，她與我一前一後走下地道，只有碎石在我們腳下咔嚓作響的聲音。進了房間，她平靜地環視了一圈，目光停於地上的人偶。

沉默如蛇般在房內潛行。她看了良久，露出遺棄什麼似的表情。

她問我：「我是誰？」

「吸血鬼04214號。」

「我的名字？」

「不知道。」

「我做過些什麼？」

「不知道。」

一問一答間，她始終注視著我，紅色的眼睛裡閃著妖異的光，逐漸走近我。我察覺自己的手已經下意識地握緊槍，汗滲出手心，濕透了手套。

殺了她！殺了她！……

「你不覺得她很奇怪嗎？」父親說。

「一般來說，當你們組織遇見一個吸血鬼，會做點什麼？」

「向他聲明他的權利和義務，要求他投降接受我們的保護。」

「說得詳細點。」

「做為世界一級保護生物，吸血鬼有權利接受我們的保護。將被分類編號、植入自爆咒文、戴上項圈，並由一位管理員照顧生活，任何合理需求都能得到滿足。唯獨禁止以任何形式直接或間接吸食人血。」

「你們有沒有想過，不能吸人血的吸血鬼，還叫什麼吸血鬼？」她看著我，好像我是某種有趣的小動物。

我默然。

她現出完美無瑕的笑容：「接著說。」

「若能接受這些條件，我們組織將盡一切努力保證其安全。之前的罪過將一筆抹消，嚴禁對其以任何形式直接或間接地進行襲擊。」

「聽起來很不錯。」她說，「那麼，有多少人接受了這樣的條件？那些獵人都怎麼了？」

「至今，世界上70％以上的吸血鬼已經接受一〇九六號公約並收歸世界各組織保護，吸血鬼獵人的數量減少97.2％。」

她抬手撫住我的臉，冰冷的手指自臉頰滑至脖子，停在喉嚨上。我不禁嚥了嚥喉嚨。

「拒絕接受的那些人呢？」

殺了她！殺了她！殺了她！……

彷彿聲音被她的手阻住，我艱難地吐出兩個字：「處死。」

「你難道不覺得這樣子的世界很不對勁嗎？」她笑著說，「吸血鬼成了被圈養的豬，吸血鬼獵人成了盜獵者一樣的罪犯。」

除了這個笑外她不曾擺出過其他的表情。

她是人偶，不是04214號。

我舉槍便射。

她的身影宛如陽光下的露珠瞬間蒸發，儼然嘲笑人類貧弱的動態視力。

我閉上眼睛，亡靈在我腦海中描出她運動的軌跡。

她在空中變幻不規則的折線，稍盤旋，筆直地射向我。我默算著，一瞬甩直左手。她急轉方向，與我擦身而過，不敢接觸我的手。

她遠遠地停在過道的另一端，大聲嚷著：「我明明已經很努力地在模仿媽媽，我吸了她的血，全身上下都變得和她一樣，擁有同樣的力量。到底還有哪裡不對了！」

「妳把她怎麼了！」我將意識聚於吸血鬼身上，彈匣裡迅速凝滿魔力，槍身微微發熱。

「不要裝出一副很關心媽媽的樣子！你連她的名字叫什麼，她做過些什麼事都不知道！」她尖叫，「就像崇初告訴我的一樣，你們根本就只把吸血鬼當成牲畜！」

為什麼又是崇初！

我恨這個名字！

原來伯雷德羅德也不過是個被他利用的幌子。我的注意力全在他身上，以為只要阻止了他，就能解決問題。

如果不是這個人偶的演技太過生硬，我差點又會被崇初騙到。

「很遺憾，看來崇初只是逃走了，沒有死掉。」我長長地嘆了一口氣，收起了槍。

「你……」她微微一愣。

「我就沒有理由與妳作戰，我……」我苦笑一聲，「我應該保護妳。」

「你、你別太瞧不起人了！」

我逼到她面前，握住她的喉嚨。「在妳是人偶的時候，或許還有機會贏我，但現在，容不得妳在我面前囂張了！告訴我，她現在在哪裡？」

「做夢也別想！她已經自由了，你休想……」

我用力一掰，她頭一歪，怒轉著眼珠。

「那個混蛋可不是那麼好心的人！妳被騙了！受保護的吸血鬼逃走也是重罪。他回頭就會舉報她逃跑，讓組織追殺她！」

「我……我不相信……」

「好好想想，他憑什麼幫妳們！他只是想藉機報復我！」

在我逼問下，她吞吞吐吐地說出了一個地方。

「在這裡待命，我會和組織聯繫，派人來照顧妳。過一段時間，妳會得到一個管理員……」我邊說邊奔向汽車。

「我才不要那種東西！我是堂堂的吸血鬼，我要你和我戰鬥！」

我沒時間理會她。

「站住！」她撲向我。

我左手隨手一擊打飛了她，坐進汽車。

「你把我留在這裡，會後悔的！我會去殺人，會吸血，會做出各式各樣的壞事！你是獵人，你必須和我戰鬥！」

「下次吧！現在我要去救妳媽媽。」我有點頭痛了。

「我究竟哪裡不如她！我也是個吸血鬼！我和她一樣！你不能就這樣扔下我！」她踩在車頂上大跳。

我忍無可忍走出車。

她跳到我面前，面露喜色，擺出戰鬥的架式。

「我本來不想這麼做的，是妳逼我的。」

「放馬過來吧！獵人！」

我揮起左手，輕鬆穿透她的胸口，挖出了她的心臟，裝進了口袋。她目瞪口呆地看著自己胸前的大洞癒合。

「好了，現在妳該老實點了吧！」

「把我的心還給我！我和她到底有什麼不一樣！難道不能代替她嗎？」

「妳這個人偶，除了模仿別人的笑容外，還會幹什麼？」我冷冷說，「只是一個拙劣的仿製品罷了。」

她怒叫著想攻擊我，卻雙膝一軟，透不過氣似地喘息。沒有了心臟的吸血鬼，只比一般人強一些，永遠陷入一種渴血的虛弱狀態。

公約裡禁止這樣不人道地對待吸血鬼，不過也有特別條款規定可以出於保護用途對不接受公約的吸血鬼如此做。

對我而言，唯一的問題就是亡靈無法在吸血鬼心臟的旁邊安寧。

「我覺得你把那個女人的心還給她比較好。」父親說。

我開車揚長而去，輕鬆地甩開了她。

03

人偶告訴我，04214號會在郊區的森林深處與崇初會合。我一聽地方就想了起來，那是五年前我父親獵殺04214號時，與她最初相遇的那片森林。

一切與五年前沒什麼兩樣，彷彿兩張複印的畫面，若疊在一起全然看不出差別。她低頭坐在一處草地邊，穿著略帶破損的長裙，暗紅色的血某種花紋似地盤著白衣。我靠近她。她便抬起頭，注視著遠去的船一般注視我。

「你是來殺我的嗎？」

亡靈干擾著我的思緒，我一時差點回答是。

「不對，我是來阻止妳走的。」我說，「崇初騙了妳。」

「哦？我倒覺得他是個守信的人。說要報復你，就報復你。說會救出我，就救出我。」

「妳寧可相信他，也不相信我嗎？」我忍不住提高了聲音。

亡靈應著我的聲音大喊，殺了她！殺了她！殺了她！……

「至少，他還沒失信於我過。」

殺了她！殺了她！

我不能這樣。我平穩呼吸，安下焦躁的心。

「妳只是一時被他蠱惑了。妳沒有理由離開組織，我承認我騙了妳，但下一個人不會像我這樣，他會好好待妳。」

「即使是你，這五年來，待我也很好。除了在背地裡想殺我之外。」她長長嘆息，「不過我要離開，不是受了誰的挑撥，一時心血來潮。我確確實實是出於自己的意願，很早以前就有這種想法。」

「為什麼？我不明白！」

「你明白的。你應該明白的。我和你是一樣的。」

我的記憶瞬間甦醒，在我家中的那一天，她在房間的角落裡如蛇一般掙扎。

「你知道的，我們都有吸血衝動。動物的血可以填飽我們，然而僅僅是填飽肚子，那種東西和人血的差別就好像是臭水和美酒一樣。我們離不開人血，完全上了癮！曾經，我以為能拋棄這吸血衝動，就像你以為自己能壓抑獵殺我們的衝動一樣。然而你錯了，我也錯了。你終究還是佈置下陷阱來謀害我，我最終還是明白我只有吸食人血這一途。」

「我絕不是想殺妳！也不想當什麼吸血鬼獵人！妳要相信我！」

「我和你一模一樣，都做了同樣的事。崇初也好、那孩子也好，都是我們以自身為藍本親手創造出的。他們是我們曾想捨棄的東西，但他們不斷地出現，我們根本無法捨棄他們。那孩子吼著他沒有錯的時候，我就想，錯的果然還是我。」

「不，不對！妳沒有錯，吸血衝動是妳的本性，自然現象而已。有人做過研究……」

「我知道，我當然知道。為吸血鬼正名的研究者，很多很多。但那又怎麼樣呢？到底是過不了自己這關的。」

「即使如此，我也想要保護妳……」

「不要再說什麼保護我了！」她眼神凌厲得讓我心中一寒。

她還沒原諒我。

我已經留不住她了。

「妳走吧！」我長長嘆息，「接下來的一切我都會處理的，我會逼妳的那個孩子把妳的樣子學個十足，而崇初那邊……」

「那孩子已經來過了。他替我在國外弄了一個假身分，碼頭已經有船在等我。如果不是你來了，我早離開了。」

「他真的要幫你逃走？」我吃了一驚。

「我可不是三歲小孩了，哪有這麼容易被人騙。」她笑了，「我治好了他的殘疾，他說過要幫我的。」

崇初似乎在那時是這樣說過。

結果，我誤會他了嗎？

不，他不可能這麼好心！

「小心！」04214號忽然猛然拉開我。

夜空淅瀝瀝地落下一層鮮血，一個體無完膚的人影摔在我們面前，奄奄一息地呻吟。

四肢被折斷的人偶。

一個龐大的身影迅然自眼前竄過，幽靈馬噴著白氣躍入視線，在草地滑了半圈停下。伯雷德羅德的視線掃過我們，冷冷說，「原來吸血鬼是被調包了，怪不得我總感覺奇怪。」

「混蛋……全怪你……多事……」那個人偶仇恨地盯著我。

「在把一切事情搞砸的方面，你的確有著我難以匹敵的才能。」父親說，「我早就叫你把心臟還給她了。」

結果，是我拖累了04214號？

幽靈馬一蹄踩爆了她的腦袋，血濺滿伯雷德羅德的銀鎧。他宛如中世紀古堡的鎧甲惡靈，佔據住我們所見的整個世界。

我不會說什麼讓04214號先走，這裡交給我。

她的力量在剛剛都被人偶吸走了，我能感覺到現在的她就和一般人一樣，逃不了多遠。

而且，已經明白了，不能再提什麼保護她。那只是一種諷刺。

「我不會保護妳。」我說，「我也不管妳想逃走還是想留下。」

我走到伯雷德羅德與04214號之間，隔斷他的視線，拔槍對準伯雷德羅德。

「我有很多帳要和這個老頭算一下，妳離遠點，不要妨礙我的事。」

「兩個人內鬥，這麼精彩的一場戲，我這個吸血鬼怎麼能錯過。」她說。

雖然背對著她，但我知道她一定在微笑，她的笑容會如水晶般清澈見底。

不是為了守護她，而是為了守護這份微笑，我付出生命也不惜。

「我會一直看到最後，直到你們之中有一個人倒下為止。」她說。

「看著我的勝利吧！」

「你以為有本事贏過我？」伯雷德羅德揚起劍。

我運氣真好。那把魔法劍已經被他自己爆掉了，此時他只有一般的巨劍。

「放馬過來！」

幽靈馬騾捲起黑色的火焰，揮動的巨劍彷彿連我的視線都要一切兩斷。我抬手瞬間射盡所有的子彈，扔槍，握緊匕首衝入巨劍下，直刺！

劍刃相迎，激出熾紅的火花。一股力量撞得我倒摔出去，我在空中調整身姿，在樹枝上稍一停，高躍起，雙手的兩把匕首插向他的腦門。

巨劍迴旋，生生將我打飛。我反應不及，撞在一棵樹上，骨頭被拆斷似的劇痛。然而比起亡靈帶來的痛，根本比破了層皮還不如。

他背過身準備追她。我就勢在地上滾上一圈，切進他身旁，躍起砍中他的頭盔。

匕首卡在頭盔上，我的身形略頓。他反掌擊中我肚子，將我連人帶匕首拍落。頓時一股酸水湧上來，燒得我喉嚨口發澀，幾乎就要噴出來。我強嚥回去，手撐地半跪著，盯住他。

頭盔不知飛到了哪裡，露出他的臉，他皺眉看了看我：「氣勢不錯，可惜用錯了地方。」

「怕了嗎？」我咬緊嘴唇，連呼吸都帶痛，「還沒完呢！」

我迎著劍，切入他身前。

鏘！

火花爆散。

一次又一次，我猶如蠅蟲被打飛，摔倒，全身無力，覺得死定了，然而每一次每一次都不知從哪裡生出力量，握緊匕首再一次站起，再次被打倒。意識半夢半醒，我游離到身外注視自己，就連我都驚訝了，為何我還沒倒下？

雙手彷彿斷成二十七段，脊椎彷彿豎著裂開，雙腿簡直就是沉進了水泥裡。表面上完好無損的皮膚下裹的是碎肉，連結身體的神經都繃緊到再無可繃。我居然還站著，還能抬起手，挺著匕首刺進他的身體。

感覺只要輕輕「咔嚓」剪斷某根頭髮絲粗細的細線，我的整個身體就將劈哩啪啦地散成碎片。

但我還站著，還能戰鬥下去！

亡靈咆哮著，殺死她！殺死她！殺死她！

多謝它們賜予的灼熱，我連想出神都不可能！

汗水模糊了視野，我的目標就是那閃著銀光和黑焰、會動會揮劍的那東西，我要戰勝他，我要擋住他！一分鐘也好，一秒鐘也好，只要她還在我身後，我就要一直戰鬥下去。假如這一夜永不會逝去，那我就能為她戰鬥一生！

漸漸地，匕首的揮動已經沒有了技巧。簡單的直切，刀路顫抖得歪歪斜斜。本以為自己能躍開他的攻擊，雙腳卻根本沒離開地面。看著劈下的巨劍，我連抬手去擋的力氣都沒有。早知道，父親還活著的時候，讓他狠心多折磨折磨我，該多好。

劍在我額前停住，巨大的黑影籠罩我。僅是風壓逼下，我便站不穩腳，直直地摔倒。大滴的汗珠自伯雷德羅德額邊淌下，他微微帶喘，目光在我身上稍停，便轉身走向04214號。

「還沒結束呢！」我費勁地向他背後擲出匕首，匕首飛出半米不到便軟軟落地。他頭也不回，背影儼然像是教堂的墓地。我痛恨起如此無能的自己。

「還沒結束。」

我手撐住膝蓋，搖搖晃晃地站起，歪歪扭扭地走了幾步路，腳一軟，我又倒下，摔在一片血肉模糊之中。

「為什麼？難道你就不能放過她嗎？是我殺死了那些人！是我誣陷了04214號！是我誣陷了你！一切事情都是因我而起！是我的錯，全是我的錯！」

「我才是罪人！你若要為無辜者報仇，該殺的人分明是我啊！04214號根本沒有過錯，難道這樣你也能動手？豈不是違反了正義！」

他停住，緩緩地轉過身，凌厲地盯住我：「你還不明白嗎？我的正義僅僅在於獵殺吸血鬼，這道路是我親手選擇，無怨無悔。而你，你沒有信念，甚至連目標都沒有。所以你將永陷於自身的罪惡感。」

伯雷德羅德長嘆一口氣。

我飛向了伯雷德羅德。

我被復活的人偶，扔向了伯雷德羅德。他猝不及防地被我奮力撞下馬，隨即，把我像破布一樣扔到遠處的樹上。

「還好剛剛心不在胸口裡，不然我真要死了。」人偶按住胸口。

剛剛我倒在她的血肉中時，悄悄為她安上了心臟。

「別妨礙我的事！」伯雷德羅德微微喘息著，沒有立即站起來。

「快去殺了他！他現在行動不方便！」我厲聲大喝。

人偶卻不出手，笑嘻嘻地看著我說：「她死了的話，我不正好能取代她？」

我心猛一沉。

「我努力地模仿她，把她當成絕對正確的信仰來崇拜。然而她拋棄了我，背棄了吸血鬼的本能，成為人類的牲畜！這完全與我的想法背道而馳。究竟誰錯了？我究竟算是什麼？我不明白，我一直都不明白！」

「那就去死吧！」伯雷德羅德一瞬間卸盡鎧甲，躍起揮劍，在空中重新披上鎧甲，穩穩落在幽靈馬上。

她單手迎住劈下的劍刃，鮮血狂噴。

「你說的對，我是她的影子，我是她的複製品。她創造了我，她用自己為原型創造了我。但是，不代表我要成為她。我只要記住她創造我的恩情就行了。然後……」

她自信地笑了。沒有半點虛假，這是屬於她自己的燦爛笑容。

「我要開創屬於我自己的道路！」

她倏然襲向伯雷德羅德。

「少說大話了！」伯雷德羅德毫不留情地揮斬，一劍灑出一片血雨。

她的話，讓我愣了良久。

我一直以為我們都是影子。

人偶是04214號的影子。祟初是我的影子。我是我父親的影子。我父親是整個家族的影子。04214號是整個吸血鬼的影子。伯雷德羅德是整個吸血鬼獵人的影子。

她卻說，就算是影子，也沒關係？

我好像想通了些什麼事。

人偶不是伯雷德羅德的敵人，只不過能拖延一些時間罷了。我稍稍恢復了體力，握緊手中的匕首，凝視上面的咒文。

「Schaltkaefig！」

我呼出上面的咒文，將匕首狠狠刺入地面。

也許是小石子，也許是地面的裂紋，魔力聚集點與線上，依照預定好的流向，在伯雷德羅德腳下的地表描出紫色的線條。剎那間構成一個十平方米左右的圓內接正二十四邊形。一個淡紫色的正六菱形柱浮現，顏色彷彿夏夜中一吹即散的薄霧。

伯雷德羅德囚禁在了其中。他用力拍了幾下六菱形柱內壁，悻悻地住手，以野獸誤入陷阱的眼神低頭端詳地面的圖案。

「你什麼時候佈下魔法陣的，我怎麼一點也沒有察覺？」

我長長吐出一口氣，舒心地躺在地上。

「時代不一樣了啊！」我說。

04214號凝視匕首上的文字。「這是……牢籠的意思？」

「還記得妳在我家看到的幾何圖案嗎？」

「印象深刻，很現代化的風格。原來如此，你可以將它們變成魔法陣。」

「為了以防萬一，不過，其實也並非一定畫得要很整齊。」

「有這樣的好東西，你怎麼不早拿出來！」人偶不滿地往地上吐出一口血水。

就算不規則也無妨，只要有點和線，我就能用手裡的匕首，構造出魔法陣。

其中的原理，就算父親和我說過，我也理解不了。我不能理解父親，殺死了父親。我一直不願使用它的力量，不願領受父親才能的恩澤。

我心懷愧疚。

但現在，我想通了。

「爸爸，我不會向你道歉的。」我低低的說。

「你從來沒向我道過歉。」他一如既往，輕蔑地回答，「而且，你什麼時候做過需要向我道歉的事。」

不管是抗拒，還是奉從，都一樣，我們都繞不開。我們都是某個人、某一種人的影子，所以那個人的一生將是我無法超越的終點，那一群人的命運是我必將重蹈的凶讖。

我錯了。

我以為是終點，其實是起點。我以為是凶讖，只不過是一句戲言！

那一瞬間，亡靈在我血中的咆哮，彷彿成為了無力的風聲。奔流的血液及刺骨的痛苦，也不過像是輕輕的撫觸。

亡靈咆哮又怎麼樣，會瘋狂而死又怎麼樣。

我不是活在我將會瘋掉的那一刻，我也不是活在我將要死去的那一刻。我要好好地活在現在這一刻！

想通了這一切，我的人生彷彿完全變了一種模樣，我覺得我脫胎換骨了。

殺了吸血鬼！殺了吸血鬼！殺了她們！殺了她們！……

彷彿嘲笑我的想法一般，家族病在此刻發作！

我血中的亡靈驟然瘋狂起來，體內的血一會兒順行、一會兒逆行，忽而同時湧上腦，忽而聚在心臟。疲弱的身體劇痛起來，彷彿血管裡流動著無數的尖針。我在地上翻滾著，喉嚨底無法抑止地哀鳴。

人偶驚惶地衝上來按住我：「你怎麼了！」

「這一次特別厲害。」父親少見的嚴肅，「這些亡靈雖然瘋狂，但懂你是在幫助吸血鬼，相當暴怒。要嘛是想一口氣殺了你，要嘛就想把你變成瘋子。」

為什麼！

結束了嗎？我的人生結束了嗎？

為什麼要在我剛剛想通一切的時候，剛剛對人生燃起新的希望時，如此殘酷地對待我！

命運總是如此玩弄我，摧殘我的人生。

一如我本以為必會成為吸血鬼獵人，獵人卻突然被時代拋棄。

一如我本以為可以保護吸血鬼，卻讓我知道只有殺死吸血鬼才不會變成瘋子。

崇初曾問我憎恨這個世界、憎恨世界賦予的命運嗎？

怎麼可能不恨！

沒有一秒鐘我不在詛咒，詛咒我亡靈的血，詛咒我流動著屍血的身體，詛咒給予我血肉的父親，詛咒我代代相承的家族，詛咒創造出我畸形家族的命運，詛咒運行我悲慘命運的世界。我詛咒一切地活著，以為自己能戰勝這個世界。

結果，我還是輸了嗎？

劇痛化成模糊一片的白色巨卵，將我吞沒。無數亡靈的記憶轟炸著我的腦海。我看見一幕幕斷片：被吸血鬼殺死、殺死吸血鬼、殺死父親的孩子被自己的孩子殺死……

這些回憶中沒有一絲溫暖，統統是冰冷瘋狂的恨意。不屬於我的恨意湧入我的心中，我自身的情感沒有容身之處。意識像是充過頭的氣球，即將爆裂。

在亡靈的記憶中，我第一次看見了伯雷德羅德的臉，比現在年輕多了。

那是我父親的記憶。

04

「如果有一天我瘋了，要把我關起來，不要殺掉我。」父親對伯雷德羅德說。

「為什麼？」伯雷德羅德問，「你為什麼會瘋？」

父親沒有回答，繼續說：「這樣，我的身體就可以封印住一些東西，至少，可以封印到我自然死去為止。」

他想封印在自己體內的……是亡靈嗎？

「我不知道你們家族有什麼秘密。」伯雷德羅德斜睨著他，「不過，你怎麼能說出這種喪氣話！難道被組織追殺，被世人鄙棄，讓你這樣的天才也想隱退了嗎？那你就走吧！我一個人也可以繼續與吸血鬼戰鬥下去。就算被人視作邪惡，就算染盡污穢，我也要施遍正義！」

我完全不知道父親與伯雷德羅德之間，有過這樣一段對話。

父親轉頭望向某個方向，我看見了我幼年的臉，正沉沉睡著。

「你的孩子會變得很強的，會變成和你一樣了不起的獵人。」伯雷德羅德說，「我不希望他變成我一樣。」

「不，我不會讓他再殺死吸血鬼了。時代已經不同了啊！老兄。」

我想起來了，這似乎是我十二歲那年的事了。那一年，我第一次也是唯一一次獨自獵殺了一個吸血鬼，然後他再也沒有讓我插手過獵殺吸血鬼的事，彷彿我已經對他無用。

這曾讓我對他怨恨不已。

然而，我之所以能成為管理員，正因為在公約生效之後，我沒有殺過一個吸血鬼。

伯雷德羅德說：「你果然還是累了，不想再殺吸血鬼了。」

「怎麼會。正因為時代已經不同了，我更非得殺光這個世上所有的吸血鬼不可，一個不留。」

「我不懂你的意思。」伯雷德羅德皺眉。

「我希望，我會是最後的吸血鬼獵人，殺死最後的吸血鬼。自我之後，再也沒有吸血鬼，也沒吸血鬼獵人，沒有仇恨，也沒有殺戮。」

父親輕輕撫摸我的腦袋。

「他是個沒用又膽小的孩子，無法與一個遽變的時代抗爭。所以，我要殺盡這個世界上所有的吸血鬼，為這個孩子開創一個安寧的未來。」

05

我眼前模糊，淚流滿面。

我還以為，自己已經不會哭泣了。又或許正因為這不是現實，我才能流下眼淚。

為什麼不早些告訴我，為什麼從不告訴我！如果我知道他是這麼想的……

不，就算早已知道，我也不能改變任何東西。

就算不被我殺掉，遲早有一天，他也會被組織的人殺掉。哪怕他是萬中無一的最強吸血鬼獵人，依然會被人類殺掉。

他想把一切怨恨封在自己體內，讓自己背上一切罪孽，為我殺出一個清明的未來。

這才是最悲哀的地方，即使我們厭倦了殺戮，也不得不殺盡了一切，才能停止我們的殺戮。

我們不是人，就像是一個不能停止的機器，最強的反吸血鬼人形武器。

這濃濃的悲傷，讓我的意識浮回了現實。我努力凝起最後一點清醒，喚回視覺和聽覺。

人偶手足無措地逼問著伯雷德羅德，伯雷德羅德當然不知道發生了什麼事。

0421 4號注視著我，微微喘息，眼睛裡有妖豔的光。剛剛被人偶吸過血的緣故吧！她似乎快要忍受不了自己的飢渴了。

「你的血……為什麼流得那麼響。」她輕輕地說。

殺了她！殺了她！殺了她！……

亡靈們好吵，吵得我都懷疑自己是不是聽錯了她的話了。

「你不知道吧！我一直想要吸你的血呢，從第一眼看見你開始。每一次，我都怕你來。每一次，我都盼你來。」

殺了她！

「你不知道吧！我總好像能猜到你在想什麼……除了猜到你想殺我之外。因為，我總想要討好你，讓你放鬆警惕，讓我可以襲擊你。」

殺了她！殺了她！

「你不知道吧！我一直在推算你來的規律，生怕算錯了日子。因為，你來之前，我都要狠狠咬假人，否則我恐怕看到你就會撲上來。」

殺了她！殺了她！殺了她！

「你不知道吧！我坐在你面前，若無其事地笑的時候，心裡想著的是把你撕碎，咬穿你的喉嚨，吸乾你的血，忍得有多痛苦。」

原來，她一直都這麼看待我，我不知道。就像她一直不知道我有多痛苦一樣。

「我最初的半年裡，更換這麼多次管理員，就是因為我害怕會襲擊他們，拼命在心中豎起高牆。但一眼就選擇了你，其中真正的理由，你不知道吧？」

她目光中有黃昏色調的傷感，握起我的手，按在耳側，我的血在狂奔。

「你的血流得這麼快，這麼響。簡直讓我覺得，往後不管你到了世上的哪個角落，我都會聽見你的血了，抵抗也沒用了。」

我血中的亡靈，見到吸血鬼就會沸騰。

殺了她！殺了她！殺了她！

「我不是個好女人，不要袒護我，不要保護我。不要為了我，犧牲這麼多人。不要為了我，犯下這麼多罪孽了。」

我頭一次和她這麼接近。原來，我和她，一直都是一樣的心情。

也頭一次和她那麼遙遠。正因為相似，我和她，絕不能在一起。

「妳……渴嗎……」我艱難地說，亡靈攪得我腦袋模糊。

我想殺了她。

「啊！渴得不得了，簡直能把大海喝盡。」她沒在騙我，就算我已經神智不清，也不會弄錯她眼中的慾望。

她是想吸我的血，想殺了我吧！我不怪她。

「我說過……」

最終，我只能殺了她。

我必須殺死吸血鬼，否則，就算死去了，我的靈魂也會沉淪於亡靈的瘋叫之中。只要這世間還存在著一個吸血鬼，我就無法安息。

沒等我說完，她懂了我的意思，輕輕捧起我的頭。

「你說過，只要我願意，隨時可以吸你的血，對不對？」

我猛然醒了，不行！不行！不行！別聽我的話！這不是我真心的想法！是亡靈！亡靈說，殺了她！

「殺了我……」我無法控制我的話，因為我真心想要安眠。

「不……不要殺我……」這也是真的，因為我不想去死！

「我們之中，只能有一個人活下來。」她俯下頭吻住我的脖子，「再見了，我的騎士。」

冰似的觸感在脖子上鑽開兩個小洞，洶湧的恨意自洞中洩得一乾二淨，麻痺的四肢恢復知覺。

她如往日淡淡笑著，安心地舒氣。臉上的血管如黑色藤蔓浮出皮膚，嘴角邊還留著黑色的血跡。

我血管中的屍血，是死去了超過百年的亡者之血，是吸血鬼的致命劇毒。

黑色的腐血不停漏下，好像壞掉的酒桶，在我腳邊聚起一窪，沸騰著，無數面孔翻滾。一隻黑色的手猝地從血中伸出，撐住地面。一顆頭浮出血面，長久未曾呼吸般張大嘴，無聲地吼叫。

旋即，第一個人影鑽出來了，彷彿開啟了通路，一個、兩個……十個、二十個……一個個純黑色的人以死時的姿勢出現，它們中有乾瘦的老人、健壯的男人、妙齡的少女、懷孕的婦人、稚弱的少年、蹣跚的孩童、仍在爬行的嬰兒……

我的先祖們，聚集如同群起的烏鴉，聚向無力反抗的04214號。

「小心！」人偶一把推開她，自己卻被埋進了亡靈堆中。慘叫聲響起，隨即被啃食骨肉的齒聲淹沒。

04214號踉踉嗆嗆地退開幾步，軟倚在樹邊，彷彿走累了暫時休息一下。身體漸漸乾枯，屍血正一點點地將生命力從她身體抽離。

亡靈的咆哮卻也因此平歇了。

我用布條堵住傷口止緩血流，看著04214號，心頭浮起一陣痛悔。

她勉強抬起手，笨拙地撫了撫頭髮，「真的好痛，像是有火在血管裡流一樣，你整天都要品嚐這樣的痛苦嗎？」

「只有見到妳時，才會這樣。」

我抱住她。她費力地撫摸我脖子的傷口，滿是黑紋的手臂使我聯想到生銹的機械。她低聲唸咒，治癒我的傷口，她軀體乾枯的速度為此又加快了幾分。

黑色的亡靈在傷口癒合的同時腐泥般崩爛，化成一灘黑血，瞬間蒸發成一團黑霧。夏風吹過，一絲不剩。

人偶倒在紅色的血泊中，身體僅剩下四分之一左右，胸口以下被啃食殆盡，四肢中僅剩下半隻左手肘。「呃……」她呻吟著抬起頭，臉沒了一半，瞪著充紅的獨眼盯視04214號。「媽媽……」以光禿禿的手肘為支撐，緩緩爬過來。

「究竟是什麼樣的恨意，才會造出如此恐怖的魔法？」她悵然說，「真是至死不渝的恨。」

我無言以對。

父親說：「多半是什麼無聊的理由吧！」

人偶爬到她身邊，仰起頭：「媽……媽……」她微笑著，把手擱在她頭頂上，不甚靈活地摩挲。她的獨眼瞬地亮了，流出真誠的淚水。

「假如妳再早出生五百年就好了，那才是妳理想中的世界。」她說。

「媽……」她的眼皮彷彿傾落的舊時代般，闔上了。

「你就沒什麼想告訴我的嗎？」她轉看向我，頭打瞌睡似地一歪，聲音開始不穩。

我張嘴想說話，湧出的卻是悲痛和後悔。我哽咽了半分鐘後才說：「妳憎恨我嗎？」

「不。」她闔眼，又用力睜開一線，眼睛裡露出慈祥的神色。「你別這麼說……」

「不要原諒我！」我說，「我沒資格獲得原諒！就算到了世界盡頭，妳也要毫不猶豫地憎恨我！恨我！恨我！恨我！」

她用手指按住我的嘴唇，拖長音倦懶地說：「我早說你不會有女人緣的，我都暗示到這種程度了，你還不明白。你非要我厚著臉問你不成？」

我慌亂地說：「問、問什麼？」

「名字，你叫什麼名字？」她微笑，「不知道名字，我們連朋友都算不上吧？」

我拼命回想自己的名字。那個我父親賦予我的姓名，那個五年沒有使用的名字，被我捨棄掉的名字。我竟一時無法使之浮現腦海。只記得我的編號是HD19557，而她是04214號。

「算了，你還是記好我的名字吧！我叫做……」她的手滑落，吸血鬼反應消失。

我沉默地看著她的屍體，感覺像在雲端，有種不真實感。

那乾枯的嘴唇再也無法吐出輕柔的話語，那暗紅的眼睛再也無法投以溫暖的視線，那嶙峋的手指再也無法安慰地握住別人的手掌，那憔悴的臉龐再也無法展露淨透靈魂的微笑。

全是因為我！全是因為我的血！

血已平靜，不再沸騰滾熱。我頭一次發現，原來樹林間的夜風竟如此之涼，涼得讓我像一個瑟瑟發抖的小孩。我需得抱住自己的肩膀，才能止住身體的顫抖。

伯雷德羅德以懷念老友的神色看了一眼04214號。「你果然命中註定要獵殺吸血鬼，我早猜到了。」

我逼自己從她的屍體上挪開視線，我一言不發，舉槍瞄準他的腦袋，金色的光芒纏繞住槍身。

「我已經寫好自白書，承認一切罪名。」他說。

我放下槍口，瞄準他的心臟。

心臟才是重要的。

「我的時代已經結束，你的時代才剛剛開始，順應你的命運活下去，那才是你的正義。」他說。

時代？命運？正義？

我若是出生在一百年前的時代，那個時代的正義就是獵殺吸血鬼，那我的使命一定是成為最優秀的吸血鬼獵人，拯救無數人。

我若是出生在一百年後的時代，那個時代的正義就是保護吸血鬼，那我一定可以不用繼承家族的宿命，能和吸血鬼和平共處。

可是我畢竟活在了現在的時代，卡在了新舊兩個時代的正義之間，我的命運也就被撕裂成了兩半。我不知我該殺死吸血鬼，還是拯救吸血鬼。

最終，我只能救自己。

槍輕響，彷彿一聲寂寥悲嘆，射出金色流螢般的魔彈。

永不復返。

尾聲

「你這一走，這個城市就再也沒有什麼稀奇古怪的東西了，我總算能坐在椅上安度晚年等退休了。」「灰西裝」說。

「那祝你心想事成。」

「祝你好運，希望我們以後別再見。」

他本質上是一個好人。

我不是，所以與他合不來。

我整理行裝，卻也沒有什麼能帶走的。武器不提，生活必需品隨時買就可以了。唯一要帶的東西就是純黑色的、柔軟如海綿的「英靈殿之座」。

我把它塞進半滿的礦泉水瓶，裡面的水立即變成純黑色的屍血。我凝然看著它。

那個人偶說：「我要開創自己的道路！」

伯雷德羅德說：「我信守自己的正義。」

他們有憑著自己的意志進行選擇並將之貫徹的力量，而我沒有，我只能被這血束縛著。

04214號說：「我們註定接受命運的一切。」

但我將是什麼樣的命運？我茫然不知自己該去何方，依然和離開我父親那時一樣徬徨。

我問過我父親：「你曾經有想過反抗亡靈，拒絕它們強加於你的命運嗎？」

「不記得了。」他落寞地笑笑，「好多事我都不記得了，遺忘了，大概我也快瘋了吧！」

我想我大概也快瘋了吧！思緒總有點紊亂，有一次竟想對著自己的腦袋開槍。

我辭去了管理員的工作，想去個遠離人煙的地方度過餘生。想找個無人知曉的地方死去。

我現在已經沒有可以失去的東西了，也沒有需要守護的東西了。

沒有活下去的目標，未嘗不能說是一種輕鬆。

也就沒有活著的必要了。

電腦忽然發出「嘀」的一聲，提示我有電子郵件。我方才想起忘記關電腦了。

郵件來自失蹤數天的崇初，是一段錄影。影片中的他依舊是一派輕蔑一切的神色。

「你親手造就了我，雖然很討厭，但我還是要說我是你的孩子，你是我的父親。記住，父親必將被孩子打敗，正如舊時代必將被新時代取代。等著吧！不義的你必被更不義的我踩在腳下。遊戲從五年前就開始了，誰更能吞食污穢，誰就能贏。」

「這段錄影只播放一次就會自動把你硬碟裡的所有資料清除乾淨，所以接下來請看清楚了。」

崇初拿出一顆人的心臟，上面繪著繁複的魔紋。

「給你十秒鐘猜猜這是什麼。我才不指望你那奈米大小的腦子能想出來。告訴你，這是那個04214號的心臟。啊啊，我知道你在想什麼。為什麼我會有這個玩意兒。我答應過她，我一定會救她。該說是她天真呢？還是說她被你傷透了心，需要一個可以信任的人呢？又或是這一切其實是我和她合謀的騙局呢？隨便你怎麼猜。」

我相信他，如果不是沒有了心臟，04214號那天或許就不會如此渴望著吸血。

「反正，她把心臟交給了我。你也知道，只要吸血鬼的心臟在，她就能復活。當然，你也可以罵我一派胡言，這一定是假貨！現在屍體一定已經被你的組織給回收了，你去確認，萬一組織發現她的確還活著，豈不是又給她招災？」

「還有辦法，這心臟上的魔紋應該就是傳說中的自爆咒文。你有密碼能夠啟動它的話。就唸出來試試，假如這心臟爆炸了，就是真貨。說不定連我都能一起炸死呢！來啊！試試啊！我握有使你戀人復活的關鍵，真偽不知，你能否順利拿到也不知。我猜你剛剛一定垂頭喪氣，覺得人生無望，我給你一點人生目標不是很好嗎？你的總部在上海，所以我提前去那裡等著你。你一定會來找我的，對不對？」

「你現在一定在思考我想幹什麼。還記得我說過什麼嗎？真讓我傷心，怕是你已經忘透了吧！」

他森然地說。

「我不會殺死你，而會一次又一次地奪走你的希望，把你拖回深淵！你生命中將只有黑暗和污穢，縱然偶爾會有一絲光明，也將短暫到讓你哀痛自己擁有太過漫長的生命！」

他的笑容中彷彿鑽入了蛇，握著那顆心臟。

「你教過我，心，才是最重要的。」

螢幕突然像斃了一般變成黑幕。我抓起螢幕扔向牆，砸得粉碎。

至少這一刻，我清楚自己的路，通往哪裡。

我打了一通電話給我的上司：「請問，還需要管理員嗎？」

國家圖書館出版品預行編目資料

04214的心臟－最後的吸血鬼獵人／冀走著.
－－第一版－－臺北市：知青頻道出版；
紅螞蟻圖書發行，2012.4
面　；公分－－
ISBN 978-986-6030-97-0（平裝）

857.7　　103000824

04214的心臟－最後的吸血鬼獵人

作　　者／冀走
發 行 人／賴秀珍
總 編 輯／何南輝
美術構成／Chris'office
校　　對／周英嬌、楊安妮
出　　版／知青頻道出版有限公司
發　　行／紅螞蟻圖書有限公司
地　　址／台北市內湖區舊宗路二段121巷19號（紅螞蟻資訊大樓）
網　　站／www.e-redant.com
郵撥帳號／1604621-1　紅螞蟻圖書有限公司
電　　話／(02)2795-3656（代表號）
傳　　真／(02)2795-4100
登 記 證／局版北市業字第796號
法律顧問／許晏賓律師
印 刷 廠／卡樂彩色製版印刷有限公司
出版日期／2014年 2月　第一版第一刷

定價 270 元　港幣 90 元

ISBN　978-986-6030-97-0　　Printed in Taiwan